AF202006

Tucholsky Wagner Zola Scott Sydow Freud Schlegel
Turgenev Wallace Fonatne
Twain Walther von der Vogelweide Fouqué Friedrich II. von Preußen
Weber Freiligrath Frey
Fechner Weiße Rose von Fallersleben Kant Ernst Frommel
Fichte Richthofen
Hölderlin
Engels Fielding Eichendorff Tacitus Dumas
Fehrs Faber Flaubert
Eliasberg Ebner Eschenbach
Feuerbach Maximilian I. von Habsburg Fock Zweig
Ewald Eliot Vergil
Goethe Elisabeth von Österreich London
Mendelssohn Balzac Shakespeare Dostojewski Ganghofer
Trackl Lichtenberg Rathenau Doyle Gjellerup
Stevenson Hambruch
Mommsen Tolstoi Lenz Droste-Hülshoff
Thoma von Arnim Hanrieder
Dach Verne Hägele Hauff Humboldt
Reuter Rousseau Hagen Hauptmann Gautier
Karrillon Garschin Defoe Hebbel Baudelaire
Damaschke Descartes Gautier
Hegel Kussmaul Herder
Wolfram von Eschenbach Dickens Schopenhauer
Darwin Melville Grimm Jerome Rilke George
Bronner Bebel
Campe Horváth Aristoteles Proust
Bismarck Vigny Barlach Voltaire Federer Herodot
Gengenbach Heine
Storm Casanova Tersteegen Grillparzer Georgy
Chamberlain Lessing Gilm
Langbein Gryphius
Brentano Lafontaine
Strachwitz Claudius Schiller Kralik Iffland Sokrates
Katharina II. von Rußland Schilling
Bellamy Raabe Gibbon Tschechow
Gerstäcker
Löns Hesse Hoffmann Gogol Wilde Vulpius
Luther Heym Hofmannsthal Gleim
Roth Klee Hölty Morgenstern Goedicke
Heyse Klopstock Kleist
Luxemburg Puschkin Homer Mörike
La Roche Horaz Musil
Machiavelli Kraft Kraus
Navarra Aurel Musset Kierkegaard
Nestroy Marie de France Lamprecht Kind Kirchhoff Hugo Moltke
Laotse Ipsen Liebknecht
Nietzsche Nansen Ringelnatz
Marx Lassalle Gorki Klett Leibniz
von Ossietzky May vom Stein Lawrence Irving
Petalozzi
Platon Pückler Knigge Kafka
Sachs Poe Michelangelo Kock
de Sade Praetorius Liebermann Korolenko
Mistral Zetkin

Der Verlag tredition aus Hamburg veröffentlicht in der Reihe **TREDITION CLASSICS** Werke aus mehr als zwei Jahrtausenden. Diese waren zu einem Großteil vergriffen oder nur noch antiquarisch erhältlich.

Symbolfigur für **TREDITION CLASSICS** ist Johannes Gutenberg (1400 — 1468), der Erfinder des Buchdrucks mit Metalllettern und der Druckerpresse.

Mit der Buchreihe **TREDITION CLASSICS** verfolgt tredition das Ziel, tausende Klassiker der Weltliteratur verschiedener Sprachen wieder als gedruckte Bücher aufzulegen – und das weltweit!

Die Buchreihe dient zur Bewahrung der Literatur und Förderung der Kultur. Sie trägt so dazu bei, dass viele tausend Werke nicht in Vergessenheit geraten.

Der Schatz

Eduard Mörike

Impressum

Autor: Eduard Mörike
Umschlagkonzept: toepferschumann, Berlin

Verlag: tredition GmbH, Hamburg
ISBN: 978-3-8424-0969-9
Printed in Germany

Rechtlicher Hinweis:
Alle Werke sind nach unserem besten Wissen gemeinfrei und
unterliegen damit nicht mehr dem Urheberrecht.

Ziel der TREDITION CLASSICS ist es, tausende deutsch- und
fremdsprachige Klassiker wieder in Buchform verfügbar zu
machen. Die Werke wurden eingescannt und digitalisiert. Dadurch
können etwaige Fehler nicht komplett ausgeschlossen werden.
Unsere Kooperationspartner und wir von tredition versuchen, die
Werke bestmöglich zu bearbeiten. Sollten Sie trotzdem einen Fehler
finden, bitten wir diesen zu entschuldigen. Die Rechtschreibung der
Originalausgabe wurde unverändert übernommen. Daher können
sich hinsichtlich der Schreibweise Widersprüche zu der heutigen
Rechtschreibung ergeben.

Eduard Mörike

Der Schatz

Novelle

(1836)

Im ersten Gasthofe des Bades zu K* verweilte eines Abends eine kleine Gesellschaft von Damen und Herrn im großen Speisesaale, der nur noch sparsam erleuchtet war. Der Hofrat Arbogast, ein munterer, kurzweiliger, obgleich etwas eigener Mann von imposanter Gestalt, schon in den Fünfzigen, schickte sich an, eine Geschichte zu erzählen.

Er war, durch rätselhafte Umstände begünstigt, vom Goldschmied aus sehr schnelle zur Bedienung des damals sogenannten königlichen Schatzmeisteramtes in Achfurth gelangt, und eine Zeitlang gingen im höhern Publikum seltsame Sagen darüber, indem man nicht umhin konnte, die Sache mit einer, auf keinen Fall ganz grundlosen Gespenstergeschichte, welche den Hof zunächst anging, in Verbindung zu bringen.

Nun wurde man auch gegenwärtig wieder durch eine lustige Wendung, die das Gespräch genommen hatte, von selbst auf diesen Gegenstand geführt, und da man dem Hofrat mit allerlei Späßen und Anspielungen stets näher auf den Leib rückte, versprach er der Gesellschaft auf die Gefahr hin Genüge zu tun, daß man Unglaubliches zu hören bekommen und sich am Ende ganz gewiß bitter beklagen würde, als wenn er sie mit einem bloßen Kindermärchen hätte abspeisen wollen. »Es ist einerseits schade«, fügte er bei, »daß meine Frau sich heute so früh zurückgezogen hat. Da das, was Sie vernehmen sollen, ein Stück aus ihrem, wie aus meinem Leben ist, so könnten wir uns beide füglich in die Erzählung teilen, Sie hätten jedenfalls sogleich die sicherste Kontrolle für meine Darstellung an ihr. Auf der andern Seite gewinnt aber diese vielleicht an Unbefangenheit und historischer Treue –« »Nur zu! nur angefangen!« riefen einige Damen: »Wir sind nicht allzu skrupulös, und die Kritik, wer Lust zu zweifeln hat, steht nachher jedem frei.«

Wohlan! In Egloffsbronn, einer der ältesten Städte des Königreichs, lebte mein Vater, ein wackerer Goldschmied. Ich, als der einzige Sohn, sollte dieselbe Kunst dereinst bei ihm erlernen, allein er starb frühzeitig, und für das größte Glück war es daher zu halten, daß mich Herr Vetter Christoph Orlt, der erste Goldarbeiter in der Hauptstadt, umsonst in die Lehre aufnahm. Ich hatte große Lust an dem Geschäft und war so fleißig, daß ich nach fünf Jahren als zweiter Gesell in der Werkstatt saß.

Mein gutes Mütterlein war indes auch gestorben. Wie gern gedacht ich ihrer, wenn ich in Feierstunden oft an meinem Eckfenster allein zu Hause blieb, mit welcher Ehrfurcht zog ich dann zuweilen ein gewisses Angebinde hervor, welches ich einst aus ihrer Hand empfing! Es war am Tag der Konfirmation. Ich hatte nach der Abendkirche mit den andern Knaben und Mädchen einen Spaziergang gemacht – wie das so Sitte bei uns ist, daß die festliche Schar mit großen Blumensträußen an der Brust zusammen vor das Tor spaziert – und war nun eben wieder heimgekommen, da holte meine Mutter aus dem Schrank ganz hinten ein kleines wohlversiegeltes Paket hervor, worauf geschrieben stand: »Franz Arbogast am Tage seiner Einsegnung treulich zu übergeben.« Die Mutter versicherte mir, sie wisse nicht, woher es eigentlich komme, ich sei noch ein kleiner Bube gewesen, als sie es eines Morgens auf dem Herd in der Küche gefunden. Mir klopfte das Herz vor Erwartung; ich durfte den Umschlag mit eigenen Händen erbrechen, und was kam heraus? Ein Büchlein, schwarz in Korduan gebunden, mit grünem Schnitt, die Blätter schneeweiß Pergament, mit allerlei Sprüchen und Verslein, von einer kleinen, gar niedlichen Hand fast wie gedruckt beschrieben. Der Titel aber hieß:

Schatzkästlein,
zu Nutz und Frommen
eines
Jünglingen,
so als ein Osterkind geboren ward,
in 100 Reguln allgemeiner Lehr,

nebst einer Zugab
für sondere Fäll in Handel und Wandel;
wahrhaftig abgefasset
von
Dorothea Sophia von R.

Ich meinerseits war freilich insgeheim in meiner Hoffnung ein wenig getäuscht; die Mutter aber legte vor freudiger Verwunderung ihre Hände zusammen. »Ach Gott!« rief sie aus, »es ist die Wahrheit, ja, am Ostersonntag mittags zwölf Uhr hast du zum erstenmal das Licht der Welt erblickt!« Sie pries und segnete mich. »Mein Sohn«, sagte sie, »du wirst im Leben viel Glück haben, wenn du dich christlich hältst und auf die Weisungen in diesem Büchlein merkst.« Sie unterließ auch nicht, mir meine Pflichten wiederholt ans Herz zu legen, als sie mir bald darauf mein Wanderbündel schnürte, darin das wunderliche Schatzkästlein den besten Platz erhielt.

Ich könnte gerade nicht sagen, daß ich die nächsten Jahre einen absonderlichen Segen von diesem seltenen Besitztum spürte, obwohl ich gar bald die sämtlichen Sprüche von vorn und von hinten auswendig wußte; ja zu einer gewissen kritischen Zeit, wo ich gerade angefangen hatte, Wirtshaus, Tanzboden, Kugelbahn öfter als billig zu besuchen, da waren es, wie mir deuchte, nicht sowohl die hundert Reguln, als vielmehr die Erinnerung an meine gute Mutter, die Vorstellungen meines ehrlichen Meisters, was mich bald wieder ins Geleise brachte. Hier sei es übrigens gelegentlich bemerkt, daß mir von allen Arten der Versuchung just die am wenigsten gefährlich war, die sonst in jenen Jahren die allergewöhnlichste ist, die Neigung zu dem weiblichen Geschlechte. Es hatten deshalb meine Kameraden das ewige Gespött mit mir, ich hieß ein kalter Michel hin und her, und weil ich doch zuletzt um keinen Preis der Tropf sein wollte, der nicht wie jeder andere brave Kerl sein Mädchen hätte, nahm ich etlichemal einen tüchtigen Anlauf, kam bei ein Stück drei oder vieren herum, darunter ein Paar Goldfasanen, die redlich ihren Narren an mir fraßen; allein es tat nicht gut; nach vierzehn Tagen wollte ich schon Gift und Galle speien, vor lauter Langerweile und heimlichem Verdruß. Kurzum, auf diesen Punkt schien wohl mein Schatzkästlein recht zu behalten – »Dein erstes Lieb, dein letztes Lieb.« Ich konnte dieses Wort lediglich nur auf eine Kinderliebschaft mit einem guten armen Geschöpfe beziehen, das ich als das Opfer eines frühzeitigen Todes von Herzen beweinte.

Mein Vetter schenkte mir sofort ein immer größeres Vertrauen. Er schickte mich manchmal auf kleine Geschäftsreisen aus, er fing nichts Neues von Bedeutung an, eh er mit mir es erst besprochen hatte, und als er den Befehl erhielt, auf die Vermählung Seiner Majestät des Königs mit einer Prinzessin von Astern den Krönungsschmuck für die durchlauchtige Prinzessin Braut zu fertigen, so konnte er mir wohl keine größere Ehre erzeigen, als daß er das Hauptstück des wichtigen Auftrags, nämlich eine Krone von durchaus massiver, doch zierlicher Arbeit, wie sie sich in die Haare einer schönen, blutjungen Königin geziemt, mir größtenteils allein zu überlassen dachte. Die Zeichnung war gemacht und höchsten Orts gebilligt. Bevor man aber an das Werk selbst ging, war noch verschiedenes zu tun. Besonders fehlte es noch an einigen Steinen, die man im Lande nicht nach Wunsch erhalten konnte, daher mein Vetter sich nach reifer Überlegung zuletzt dahin entschied, ich sollte selbst nach Frankfurt gehn, die Steine auszuwählen. Es handelte sich nur darum, auf welche Art ich am sichersten reise, denn leider waren die Posten damals noch nicht so vortrefflich als jetzt eingerichtet; indessen fand sich doch Gelegenheit, die ersten Stationen mit ein paar Kaufleuten zu fahren. Der Vetter zählte mir vierhundert blanke Goldstücke vor; wir packten sie sorgfältig in mein Felleisen, und ich reiste ab.

Den zweiten Tag, in Gramsen, wo das Gefährt einen andern Weg nahm und mich daher absetzte, fiel Regenwetter ein, ich mußte mich bis zu Mittag gedulden, da ich es mir denn gern gefallen ließ, daß mir der Gramsener Bote ein Plätzchen ganz hinten in seinem Wagen gab, den eine Bläue gegen Wind und Wetter schützte. Ein junger Mann, ein Jude, wie mir schien, war meine einzige Gesellschaft. Wir waren gar bequem zwischen Wollsäcken gelagert, nur ging die Fahrt etwas langsam. Es wurde Nacht bis man Schwinddorf erreichte, wo der Jude sich absetzen ließ, indes wir noch drei gute Stunden bis zu dem Städtchen Rösheim vor uns hatten. Als ich nun so allein in meiner dunkeln Ecke lag und an verschiedenem herumdachte, war mir, als hätt ich längst einmal gehört, daß diese Gegend nicht im besten Rufe stehe; besonders schwebte mir die sonderbare Geschichte eines Galanteriehändlers vor, welchem sein Kasten, während des Marschierens, auf ganz unbegreiflich listige Art, Schubfach für Schubfach, soll ausgeleert worden sein. Mein Fuhrmann wollte zwar so eigentlich nichts von dergleichen wissen, doch konnte ich mich nicht enthalten, von Zeit zu Zeit durch die Tuchspalte hinten mit *einem* Aug hinauszuschauen. Der Himmel hatte sich wieder geklärt, man konnte jeden Baum und jeden Pfahl erkennen, man hörte auch nichts als das Klirren und Ächzen des Wagens, inzwischen ließ ich doch die Hand nicht von meinem Gepäck und tröstete mich mit des Fuhrmanns großem Hund; nur kam es mir ein paarmal vor, als wenn die Bestie sonderbar winsle, das ich aber zuletzt mitleidig dem puren Hunger zuschrieb.

»Jetzt noch ein Viertelstündchen, Herr, so hat sich's!« rief mir der alte Bursche zu und ließ zum erstenmal die Peitsche wieder herzhaft knallen. »Die Wahrheit zu gestehn«, fügte er bei, »sonst ist es auch gerade nicht mein Sach, so spät wegfahren: ein Fuhrmann aber, wißt Ihr wohl, hat es halt nicht immer am Schnürlein. Nu –

    's Löwenwirts Roter
    ist allzeit hell auf!«

Es schlug halb zwölfe, als man vor das Städtchen kam. Am nächsten Wirtshaus hielten wir. Es schien kein Mensch mehr aufzusein. Ich hob indes getrost mein Gepäck aus dem Wagen. Aber – Hölle und Teufel! wie wurde mir da! – das Ding war so leicht, war so locker! Den Angstschweiß auf der Stirn eil ich ins Haus; ein Stallknecht, halb im Schlaf, stolpert mit seiner Laterne heraus, ein zweites Licht reiß ich ihm aus der Hand, und jetzt in der Stube gleich atemlos wie der Feind übers Felleisen her! Das Schlößchen find ich unverletzt, ganz in der Ordnung – weiter – Allmächtiger! mein Gold ist fort! Der Schlag wollte mich treffen. »Nein, nein, ums Himmels willen, nein! es ist nicht möglich!« rief ich in Verzweiflung, und wühlte, zauste alles durcheinander. Das Schatzkästlein fiel mir entgegen (ich hatte es nur gleichsam aus Erbarmen so mitlaufen lassen): im Wahnsinn meiner Angst hielt ich es einen Augenblick für möglich, das Büchlein habe mir meine Dukaten verhext! – Halb mit Wut, halb mit Grauen warf ich den schwarzen Krüppel an die Wand; allein wie schnell verschwand der vermeintliche Zauber, da sich ein Messerschnitt, vier Finger breit, in meinem Felleisen entdeckte! Jetzt wußt ich vorderhand genug: der Jude hat dich bestohlen!

Soeben wollte ich hinaus, die Hausleute, die Nachbarschaft auf-schreien – da muß mein Fuß zufällig nochmals an das arme Büch-lein stoßen, und wie ein Blitz schießt der Gedanke in mir auf: Halt! wie, wenn heut *Sankt Gorgon* wäre? Mechanisch nehm ich es vom Boden; indem tritt der Kellner herein, grüßt, fragt, ob ich noch zu trinken verlange? Ich nicke stumm, gedankenlos, und sehe mich dabei nach einem Wandkalender um.

»Was ist gefällig? neuer? alter? Dreiundachtziger? vierundachtzi-ger?«

»Versteht sich, einen neuen!« rief ich mit Ungeduld und meinte den Kalender; »den heutigen, nur schnell! nur her damit!«

Der Kellner lächelte hochweise: »Wir haben hierzuland noch kei-nen heutigen!«

»Wie? was? um diese Zeit? verflucht! so bringt ins Kuckucks Na-men einen alten! Das ist mir aber doch, beim Donner, eine Wirt-schaft, wo man – ei daß dich, da hängt ja doch einer!« Ich riß den Kalender vom Nagel, ich blätterte mit bebender Hand – richtig! Gorgonii, der 9. September! Und daß ich jetzt nicht wie ein Narr vor Freuden in der Stube herumtanzte, den Gläserschrank zusammen-schlug, den Kellner umarmte, war alles. Von nun an wußte ich, was für ein herrliches Kleinod mein Schatzkästlein sei. Stand nicht ein Verslein drin, ein Reimlein, mehr wert als alle Reime in der Welt? (der siebente war's in Zugab für sondere Fäll):

Was dir an Gorgon wird gestohlen,
Vor Cyprian kannst's wieder holen;
Jag nit darnach, mach kein Geschrei,
Und allerdings fürsichtig sei.

Ich zweifelte nicht einen Augenblick an der Unfehlbarkeit dieses prophetischen Rates. Denn, dacht ich, wär es überhaupt nicht rich-tig mit dem Büchlein, wie konnte es denn wissen und mir so treu-lich melden, daß man mich just auf Gorgonstag bestehle? und dann – und kurz, es war in mir ein unwiderstehlicher Glaube: vor Cypri-an kannst's wieder holen. Bis dorthin waren's freilich noch immer siebzehn Tage; nun, meinte ich, das ist der äußerste Termin, wer weiß, es kann so gut auch morgen und übermorgen glücken. Wart

Mauschel, wart, Halunk! es wird sich bald ausweisen, wo deine Krallen es eingescharrt haben; drei Schritt von deinem Galgen, hoffe ich.

Franz Arbogast setzte sich hinter den Tisch, mit einer Empfindung, mit einem Gesicht, wie ungefähr ein Kaufmann haben mag, wenn er gerade einen Brief aus Nordamerika bekam, des Inhalts: Mein Herr! Ich habe die Ehre zu melden, daß Ihr sehr wackeres Schiff, die Faustina, nachdem wir sie bereits in der Gewalt der Seeräuber geglaubt, soeben wohlbehalten im Hafen eingelaufen ist.

Ich aß und trank nach Herzenslust, schenkte besonders auch dem Fuhrmann tapfer ein, der mir gestand, der Kellner habe ihm vorhin ins Ohr gesagt, ich müsse wohl ein Wiedertäufer sein, ein Separatiste oder dergleichen, ich hätte mein Gebetbuch so närrisch geküßt. »Gut«, habe er darauf gesagt, »wenn's nur kein Jude ist; denn der, den ich gefahren, der Spitzbub, stiehlt mir ein Paar nagelneue Handschuh weg! Ich hatte sie am Reif im Wagen hängen. Und das war nicht genug, beim Abschied im Finstern was tut er? drückt mir den breiten nichtsnutzigen Knopf da in die Hand statt einem Fünfzehner! Aber, nur stät! es gibt allerhand Knöpf, ganz besondere Sorten. Wißt Ihr wohl, Herr, welches die besten Knopfmacher sind, will sagen, die flinksten, und macht doch einer lang kein Dutzend im Jahr? Ihr ratet's nicht. Die Henkersknecht! Mein Seel, wenn mir der Jud wieder begegnet, das Rätsel geb ich ihm auf; was gilt's, er hat's heraus, eh ich ihm zweimal mit der Geißel winke?«

»Hört«, sprach ich zu dem Fuhrmann, »Ihr seid ein braver Kerl, wißt Ihr was? vielleicht daß mir der Jude doch noch früher in die Hände läuft als Euch; laßt mir den stählernen Knopf, hier ist ein Zwölfer dafür.« Der Handel fand keinen Anstand. – Mir fiel inzwischen ein, daß noch mein Stock im Wagen liege; ich ging mit Licht hinaus und fand bei der Gelegenheit noch einen meiner goldenen Füchse zwischen dem Flechtwerk des Korbes stecken und gleich dabei ein ziemlich großes Loch im Boden. Ich wußte nicht recht was ich davon denken sollte. Ich ließ es eben gut sein; zu holen war heut doch nichts mehr.

Singend und pfeifend ließ ich mir meine Schlafkammer zeigen, und ruhiger schlief ich in meinem Leben nicht als diese Nacht.

Am andern Morgen nun, nach ernstlicher Erwägung aller Umstände, schien es mir keineswegs geraten, mich aus der Gegend zu entfernen. Ein jeder Schritt schien zwecklos, wo nicht bedenklich. »Jag nit darnach.« Das war für mich eben, als wenn ein Daniel mit eigenem Mund zu mir gesprochen hätte: »Mein Sohn, bleib Er ganz ruhig sitzen im Löwen zu Rösheim; Er sieht, es ist ein braves Wirtshaus hier; tu Er sich etwas gütlich auf den gehabten Schreck und scher Er sich den Teufel um die Sache, Er wird bald hören, was die Glocke schlägt.« Ich kam dieser Weisung gewissenhaft nach. Rösheim ist ein lustiges Städtchen, es fehlte mir nie an Gesellschaft, besonders meine Wirtin war die gute Stunde selbst. So gingen drei, sechs, sieben Tage hin. Dazwischen gab es freilich auch tiefsinnige Momente und nachgerade ward mir doch die Zeit zu lang.

Ich stehe eines Nachmittags am Fenster und gräme mich über das köstliche Wetter, das mir so jämmerlich verlorengeht: kommt eine Chaise vor das Haus gefahren, die ich sogleich für dieselbe erkenne, mit welcher ich damals von Achfurth abreiste. Ein Herr steigt aus, es war einer von jenen Kaufleuten, der nächste Nachbar meines Meisters, ein wusliger, kleiner geschwätziger Mann. Schnell wollt ich noch entweichen, doch eh ich mich's versah, war er herein.

»Ah! was der Tausend – da ist ja Herr Franz! Schön, schön, daß wir uns unvermutet treffen! Auf Ehre, wie bestellt! Wie steht's in Frankfurt? gute Geschäfte gemacht?«

»O ja, so so, so ziemlich, ja.«

»Charmant. Und, mein Freund, nun fährt Er natürlich mit mir, ich gehe direkte nach Haus und bin ganz allein.«

Ich fing nun an mich zu entschuldigen – ein guter Bekannter, den ich notwendig, Geschäfte halber, hier abwarten müsse, besondere Affären – kurz, alles was zu sagen war. Der Kaufmann stutzte, wollte nicht begreifen, sondierte, fragte, schwieg zuletzt und trank sein Schöppchen Würzburger, gelben. Ich bat mir Feder und Tinte aus und schrieb etliche Zeilen an den Vetter; daß ich Frankfurt dato noch nicht gesehen, ein kleiner Unfall habe mich verspätet, bereits sei aber alles wieder ganz auf gutem Weg, so daß ich hoffe noch zeitig genug mit meinen Einkäufen in Achfurth einzutreffen; übrigens möge er sich ja ganz stille halten, mit niemand weiter von der Sache reden, mir aber ganz und gar vertrauen. – Der Kaufmann sprach indessen leise mit dem Wirt beiseit. Gewiß erfuhr er von diesem, wie lang ich schon hier liege, und er konnte sich denn an den Fingern abzählen, daß ich noch nicht über die Grenze kam. Ich ließ mich das weiter nichts kümmern, versiegelte den Brief, empfahl ihn dem Herrn Nachbar zur Besorgung, er steckte ihn sehr seriös zu sich und schlürfte gelassen sein Restchen. »Viel Glück *nach Frankfurt!*« rief er mir mit höhnischem Gesicht beim Abschied zu. Der Wagen rollte fort.

Jetzt war auch meines Bleibens hier nicht länger. Ich hatte weder Rast noch Ruhe mehr, obgleich ich nicht wußte wohin. Ich fragte nach der Zeche, man war sogleich bereit, und wahrlich unverschämter wurde sie nie einem Grafen gemacht; ich hätte heulen mögen wie ein Weib, als ich berechnete, daß mir nur wenige Gulden übrigblieben.

Aber mein Mut sollte noch tiefer sinken. Denn auf der Straße, als ich schon ein gutes Weilchen fortgewandert war, fiel mir auf einmal ein, daß ich von nun an nirgends mehr im Lande sicher sei. Wird sich der Vetter wohl mit meinem Brief beruhigen? muß er nicht das Ärgste befürchten? Wenn er nun fahnden läßt auf dich! wenn man dich greift! Mir wurde es schwarz vor den Augen. Ich machte mir die bittersten Vorwürfe, verfluchte abermals das Schatzkästlein, denn dies war schuld, daß ich die Sache nicht sogleich vor Amt angab, wie jeder andere, der nicht ein ganzer Esel war, getan hätte; jetzt freilich war die Katz den Baum hinauf und alles war zu spät. Noch volle zwei Tage trieb ich mich, bald da, bald dort verweilend, und mich dabei immer aufs neue wieder an meinem Osterengel aufrichtend, im gleichen Reviere umher. Zuletzt kam mir in Sinn, daß nicht gar weit von hier, über der Grenze, ein paar weitläufige Verwandte meiner Mutter, vermögliche Pelzhändler, wohnten, die meinem Vater viel zu danken hatten. Glückshof, soviel ich wußte, hieß der Ort; dort war doch vorderhand Trost, Rat und Unterkunft zu hoffen. So setzte ich denn meinen Weg zum ersten Male wieder in einer entschiedenen Richtung fort, und eingedenk der Flasche des trefflichen Likörs, womit mich meine gute Base beim Abschied noch versah, bediente ich mich dieses Stärkungsmittels zu meinem Encouragement ein übers andere Mal mit solchem glücklichen Erfolg, daß ich seit langer Zeit wieder ein Liedlein summte und endlich meinen vielberühmten Baß mächtig und ungebändigt walten ließ.

Allein das wunderbare Schicksal, unter dessen Leitung ich stand, kündigte sich nunmehr auf eine höchst seltsame Weise an. Es war etwa fünf Uhr des Abends, als ich getrosten Herzens so fortschlendernd in eine gar betrübte Gegend kam. Da lag nur öde Heide weit und breit. Rechts drüben sah ein düsteres Gehölz hervor, und links vom Hügel her ein langweiliger ausgedienter Galgen, so windig und gebrechlich, daß er den magersten Schneider nicht mehr prästiert haben würde. Die Pfade wurden zweifelhaft, ich stand und überlegte, marschierte noch ein Stück und traf zu meiner großen Freude jetzt auf einen hölzernen Wegweiser. O weh, dem armen Hungerleider war die Schrift hüben und drüben rein abgegangen vor Alter! Er streckte den einen Arm rechts, den andern links hinaus und ließ die Leute dann das Ihre dabei denken. »Du wärst ein Kerl«, sprach ich, »für den Ewigen Juden, dem es wenig verschlägt, ob er in Tripstrill oder Herrnhut zur Kirchweih ankommt.« Nun sah ich unten einen Schäfer seine Herde langsam die Ebene herauftreiben. Dem rief ich zu. »He, guter Freund, wo geht der Weg nach Glückshof?« – Kaum ist mir das letzte Wort aus dem Mund, so klatscht es dreimal hinter mir, eben als schlüge jemand recht kräftig zwei hölzerne Hände zusammen. Erschrocken seh ich mich um – o unbegreiflicher, entsetzenvoller Anblick! Er hatte sich gedreht! der Wegweiser – gedreht, so wahr ich lebe! Mit einem Arm wies er schief über die Heide, den andern hatte er, damit ich ihn ja recht verstehen sollte, dicht an den Leib gezogen. Des Schäfers Antwort ging indes im Widerhall des Walds verloren. Ich starrte und staunte den Wegzeiger an und hörte wie mein Herz gleich einem Hammer schlug. Alter! sprach ich in meinem Sinn, du gefällst mir nur halb; du hältst wohl gute Nachbarschaft mit dem dreibeinigen Gesellen auf der Höhe, mich sollst du nicht drankriegen! Damit rannt ich davon, als wär er schon hinter mir her. Der Schäfer kam mir entgegen: »Was gibt's? Wer ist Euch auf den Fersen? Habt Ihr etwas verloren?« »Nichts! sagt nur, wo geht's Glückshof zu?« Der Mann mochte glauben, ich hätte gestohlen, er maß mich von Kopf bis zu Fuß; dann deutete er nach der Waldecke hin: »Von dort seht Ihr ins Tal, ein Fußpfad führt nach dem Weiler hinab, da fragt Ihr weiter.« Inmittelst hatt ich mich etwas gefaßt. Der Mann schien mir eine ehrliche Haut, demungeachtet nahm ich Anstand, ihm mein Abenteuer zu vertrauen, und fragte nur, indem ich meinen Finger in der Richtung hielt, in der das hölzerne Gespenst gewiesen: »Was liegt denn *dahin?*« «Da? kämt Ihr schnurgerad aufs graue Schlößlein.« Bewahr mich Gott! dacht ich, dankte dem Schäfer und folgte seiner Weisung nach dem Walde. Im Gehen macht ich mir verschiedene Gedanken, und schaute wohl noch zehnmal um nach dem verwünschten Pfahl. Er hatte seine Alltagsstellung wieder angenommen und sah wahrhaftig aus, als könnte er nicht fünfe zählen. Was wollte er doch mit dem grauen Schlößchen? Ich hatte früher mancherlei davon erzählen hören. Es gehörte den Freiherrn von Rochen, und war, soviel ich wußte, noch unlängst bewohnt; es stand im Rufe arger Spukereien, doch nicht sowohl das Schlößchen selbst, als vielmehr seine nächste Umgebung. Die Sichel fließt unten vorbei, darin schon mancher, durch ein weibliches Gespenst irregeführt, den Tod gefunden haben soll. Nun glaubte ich nicht anders, als der Versucher habe mich in Wegweisersgestalt nach dieser Teufelsgegend locken wollen. Jedoch, erhob sich bald ein anderes Stimmchen in mir, wenn du ihm Unrecht tätest? wenn du gerade jetzt deinen Dukaten entliefst? Was also tun? kehr ich um? geh ich weiter? So stritt es hin und her in meiner Seele. Ermüdet und verdrossen setzt ich mich am Waldsaum oben nieder, wo ich denn immer tiefer in mich selbst versank, ohne zu merken, wie die Dämmerung einbrach und daß der Schäfer lange heimgetrieben. Rasch und entschlossen stand ich auf. Gut Nacht, Wegweiser! – Ich stieg bergab, dem Weiler zu.

Ein dichter Nebel hatte sich wie eine weiße See durchs Tal ergossen, er reichte bis zu mir herauf und ich stieg immer mehr in ihn hinein. Zum Glück war die Nacht nicht sehr finster, die Sterne taten ihre Schuldigkeit. Aber ach, ich glaubte bereits in der Tiefe zu wandeln, während ich nur auf einem fahrbaren Absatz des Berges rings um denselben herum und ganz unmerklich wieder aufwärts lief. In kurzem spazierte meines Vaters sein Sohn also wieder ganz hübsch auf der öden, verhenkerten Heide herum, ungefähr da wo ihm vor drei Stunden zum erstenmal das Trumm verlorenging.

Sie fragen, meine Wertesten, wie mir bei dieser Entdeckung zumute gewesen? Je nun, ich dachte, jetzt säßest du besser daheim bei deiner braven Meisterin, wenn sie den Abendsegen liest, meinethalben auch beim Storchenwirt und Fritz der Färber gäbe die Geschichte preis, wie er Anno 70 im Kniebis verirrte. Allein, wo nun hinaus? Eine bekannte gute Regel ist: wenn einer spürt, es sei ihm angetan, tut er am klügsten, er steckt den Verstand in den Sack und läuft wie seine Füße mögen. So tat ich auch, und fing das frische Kernlied an zu singen: Seid lustig und fröhlich ihr Handwerksgesellen! – Es ging jetzt unaufhörlich eben fort. Auf einmal aber schien es hell und immer heller um mich her zu werden, ich sah mich um, da ging der volle Mond sehr herrlich hinter goldnen Buchenwipfeln auf. Von Furcht empfand ich eigentlich nichts mehr, nur *selbigem* wollt ich nicht gern zum zweitenmal begegnen. Sooft er mir einfiel, tat ich einen herzhaften Zug aus der Flasche und hub alsbald mit heller Stimme wieder an:

> Hamburg, eine große Stadt,
> Die sehr viele Werber hat.
> Mich hat nicht gereut,
> Vielmehr erfreut,
> Lübeck zu sehn;
> Lübeck eine alte Stadt,
> Welche viel Wahrzeichen hat.

Nun schritt ich über Stoppelfeld. Gottlob, das war doch eine Menschenspur. Aber, Goldschmied, wenn es nun allgemach hinunter und ans Wasser ging', und dir die bleiche Edelfrau ein kühles Bad anwiese?

Dresden in Sachsen,
Wo schöne Mädchen wachsen;
Ich denk jetzund
Alle Stund
An Nürnberg und Frankf –

patsch! lag ich auf der Nase. Der Schmerz trieb mir die Tränen in
die Augen, mir schwebte ein Fluch auf der Zunge; aber nein –

Augsburg ist ein kunstreicher Ort,
Und zuletzt nach Elsaß fort.
Alsobald mit Gewalt
Geh ich nach Straßburg.
Es ist eine schwere Pein
Von Jungferen insgemein,
Wenn man alsdann
Nicht herzen kann
Und wieder soll mareschieren fort.

Allmittelst aber nahe an den Rand der Ebene gekommen, bemerkte ich auf gleicher Höhe mit derselben, links hin, wo sie in einem
spitzen Vorsprung auslief, nur dreißig Schritt von mir, ein altes,
guterhaltenes Gebäude, mehr schmal als breit, mit etlichen Türm-
chen und hoch gestaffeltem Giebel. Ich konnte nicht mehr zweifeln
wo ich sei. Ganz sachte schlich ich näher. Es schimmerte Licht aus
einem verschlossenen Laden des untern Stocks; hier mußte der
Hausschneider wohnen. Ein Hund machte Lärm, und sogleich öffnete ein Weib das Fenster.

»Wer ist da?«

»Ein Handwerksgesell, ein verirrter.«

»Welche Profession?«

Ich wagte, eingedenk meiner gefährdeten Person, nicht, die
Wahrheit zu sagen. »Ein Schneider!« sagt ich kleinlaut. Sie schien
sich zu bedenken, entfernte sich vom Fenster und ich bemerkte, daß
man drin sehr lebhaft deliberierte; es wisperten mehrere Stimmen
zusammen, wobei ich öfter das fatale »Schneider« nur gar zu deutlich unterscheiden konnte.

Jetzt ging die Pforte auf. Der Hausvogt stand bereits im Gang; die Frau hielt auf der Stubenschwelle und hinter ihr ein sehr hübsches Mädchen, welches jedoch auffallend schnell wieder verschwand. Die Ehleute sahen einander an und baten mich, ins Zimmer zu spazieren.

Hier war nun alles gar sauber und reinlich bestellt. Ein Korb mit dürren Bohnen und reifen Haselnüssen, zum Ausmachen bereit, wurde beiseite geschoben, man nahm mir mein Gepäcke ab und hieß mich sitzen. Es war zehn Uhr vorüber. Die Alte deckte mir den Tisch, derweil der Mann, gesprächsweise, die nächstgelegenen Fragen, nach meiner Heimat und dergleichen, ohne Zudringlichkeit und in so biederem Ton an mich tat, daß ich mein einmal angenommenes Inkognito, wobei natürlich eine Lüge aus der andern folgte, nur mit innerlichem Widerstreben, deshalb auch etwas einsilbig und unsicher, behauptete. Das Mädchen lief einige Male geschäftig von der Küche durchs Zimmer, ohne mich kecklich anzusehen. Man brachte endlich eine warme Suppe und einen guten Rahmkuchen. Ich aß und trank mit Appetit, worauf mein Wirt sich bald erbot, mir meine Schlafstätte zu zeigen. Die Frau ging mit dem Licht voran, er selbst trug meinen Ranzen die Treppe hinauf nach einem hohen geweißten Eckzimmer, worin es neben einem frischen Bette nicht an den nötigsten Bequemlichkeiten fehlte. Ich sagte dankbar gute Nacht, setzte mein Licht auf den Tisch und öffnete unter kuriosen Gedanken ein Fenster.

Der Nebel ließ mich wenig unterscheiden, doch schien die Höhe da hinab beträchtlich, und, was mir nicht das lieblichste Gefühl erregte, dem sanften Rauschen eines Wassers nach, mußte die Sichel ganz unmittelbar am Fuß des Felsen, der das Schlößchen trug, vorüberziehn. Sei's drum! ich riegelte getrost die Türe, und zog mich aus. Mich niederlegen und schlafen war eins. Es regnete die halbe Nacht, ich merkte nichts davon; mir träumte lebhaft von dem schönen Mädchen.

Am andern Morgen, durch und durch gestärkt, fand ich die Sonne schon hoch am Himmel über dem engen Sicheltale stehen, welches, reichlich mit Laubwald geschmückt, die Aussicht hier zunächst sehr stille und reizend beschränkt, alsdann, mit einer kurzen Beugung um das Schloß, sich in das offene, flache Land verläuft.

Ein Glockengeläute von unten, aus dem gutsherrschaftlichen Dorf an der Seite des Berges, erinnerte mich, es sei Sonntag. Mein Herz bewegte sich dabei, ich weiß nicht wie. Doch war jetzt keine Zeit, um solchen Rührungen lang nachzuhängen; auf alles Denken aber und Grübeln über meine Lage tat ich sofort grundsätzlich ein für allemal Verzicht; nur, als ich mir den beispiellosen Spuk des gestrigen Abends zurückrief, geriet ich auf die Mutmaßung, ich könnte wohl ein bißchen beschnapst gewesen sein, denn meine Branntweinflasche fand sich beinahe leer.

Ich eilte, sauber angezogen, zu meinem Wirt hinunter, der mir mit Heiterkeit ankündigte, es sei nur noch ein Stündchen bis Mittag; sie hätten mich nicht wecken wollen, weil sie dächten, ich habe nicht besonders zu pressieren und würde vielleicht ein paar Tage bei ihnen ausruhen. Nach einigem, wiewohl nur scheinbaren Bedenken, und auf wiederholtes Zureden, nahm ich diese unerwartete Gastfreundschaft an und blieb geruhig in meinen Pantoffeln. »Zwar werden wir Euch leider über Tisch für diesmal nicht Gesellschaft leisten«, sagte der Schloßvogt; »der Schulmeister im Dorf läßt heute taufen, da sind wir zu Gevatter gebeten und müssen gleich fort: Josephe aber, meine Nichte, wird Euch nichts abgehen lassen.« Ich war alles zufrieden.

Das Ehpaar hatte sich in Staat begeben und außen wartete ein Fuhrwerk. Sie baten nochmals um Entschuldigung, mit dem Versprechen, vor Abend wieder dazusein.

Ich befand mich allein in der Stube, und mit Josephen, die draußen am Herde beschäftigt sein mochte, allein im ganzen Schlosse. Die Nähe dieses Mädchens, zu dem ich von der ersten Stunde an ein stilles, unerklärliches Vertrauen hegte, obgleich wir bis jetzt kaum ein Wort miteinander gewechselt, beunruhigte mich ganz sonderbar. Es zog und zupfte mich immer, sie in der Küche aufzusuchen, allein wenn ich eben dran war, schien mir von allen den bei Handwerksburschen üblichen galanten Redensarten nicht eine gut genug. Auf einmal kam sie selbst herein, band sich die Küchenschürze ab, stellte sich dann mit einigem Erröten mir gerade gegenüber und sprach, nachdem sie ihre offenen braunen Augen ein ganzes Weilchen auf mir ruhen lassen: »Also Ihr kennt mich wirklich gar nicht mehr?«

Da ich betroffen schwieg und nun mit halben Worten zu erkennen gab, daß ich auf eine frühere Bekanntschaft mit einem so charmanten Frauenzimmer im Augenblick mich nicht besinnen könne, verbarg sie sehr geschickt ihre Beschämung und Empfindlichkeit hinter ein flüchtiges Lachen und tat, als hätte sie den puren Scherz mit mir getrieben. »Nein! Nein!« rief ich, sie eifrig bei der Hand nehmend, »dahinter steckt etwas – Ihr seid betreten, Ihr seid gekränkt! Ums Himmels willen, beste, schönste Jungfer! helft mir ein klein wenig darauf – wenn, wo – wie hätten wir uns denn gesehen? es wird mir gleich beifallen!« In der Tat, ihr Gesicht wollte mir nun bereits ganz außerordentlich bekannt vorkommen, nur wußte ich es nirgend hinzutun. Ich bat sie wiederholt um einen kleinen Fingerzeig.

»Seid erst so gut«, versetzte sie, »und nennt mir Euren Namen.« Da ich bestürzt ein wenig zauderte und eben eine ausweichende Antwort eben wollte, brach sie kurz ab, wie wenn sie ihre Frage selbst bereute: »Der Braten verbrennt mir! verzeiht, ich muß gehen.«

In kurzem kam sie wieder, schob ohne Geräusch einen Tisch in die Mitte der Stube und fing sodann, indem sie ihn sehr ruhig deckte, als wäre nichts geschehn, vom Wetter an. Als ich mich auf dergleichen nicht einließ, sondern mich nachdenkend und fast verdrießlich zeigte, nahm sie zuletzt, um dieser lächerlichen Spannung zu begegnen, das Wort: »Hört, tut mir doch den einzigen Gefallen, denkt nicht mehr an die einfältige Posse. Ich habe mich in der Person geirrt, und das ist alles! Noch einmal, ich bitte, denkt nicht mehr daran.« – Dagegen war nun freilich schicklicherweise nichts weiter zu sagen, obgleich ich ihren Worten nur halb traute.

Wir setzten uns zum Essen. Josephe tat alles, um mich zu zerstreuen. Sie war die lautere Unbefangenheit, Anmut und Herzensgüte. Zum erstenmal, ich darf beinah so sagen, zum erstenmal in meinem Leben begriff ich, wie es möglich sei, sich in ein Weibsbild zu verlieben.

»Man sagt soviel von Eurem grauen Schlößchen«, hub ich an, nachdem sie das Essen abgetragen und die herrlichsten Äpfel zum Nachtisch aufgestellt hatte, »wie wär's, Ihr schenktet mir, weil wir gerade so beisammen sind, einmal recht reinen Wein darüber ein?«

»Das kann geschehen«, antwortete sie; »wir reden sonst nicht leicht mit jemandem davon, allein man macht wohl eine Ausnahme. Zudem seid Ihr ein verständiger Mann und werdet Euch bei uns nicht fürchten.« (Hier sah sie mir sehr scharf, wie prüfend, ins Gesicht.) »Auch ist noch keiner Seele seit Menschengedenken im Hause selbst das mindeste zuleid geschehn, und außerhalb, nun ja, man hütet sich. Es gab wohl schon so leichtsinnige Menschen, die mögen immer ihren Fürwitz büßen.«

Sie hatte sich gesetzt und eine kaum erst angefangene Strickerei mit grün und schwarzem Garn zur Hand genommen, der Knaul lag ihr im Schoße. »Ach mein! so seht doch, was das regnet! was das schüttet! Wie gut ist's, daß Ihr heut nicht auf der Straße seid.« Und nun begann sie zu erzählen:

»Vor ungefähr vierhundert Jahren wohnte allhier ein Graf mit Namen Veit von Löwegilt, ein frommer und tapferer Ritter. Er ehlichte als Witwer ein junges Fräulein, Irmel von der Mähne, welche ein Ausbund von Schönheit gewesen sein muß und sehr reich. Am Hochzeitabend, als der Tanz im kerzenhellen Saal begonnen hatte, und nun die Frau bald dem, bald jenem Gast die Hand zum Reigen gab, da sah Herr Löwegilt eine ganze Zeit mit Wohlgefallen zu, bald aber kam seltsame Wehmut über ihn, wie eine böse Ahnung, davon er sich jedoch nichts merken ließ; nur gegen das Ende des Tanzes gab er der Dame einen Wink, daß sie ein wenig aus dem Saale käme. Er nahm ein Licht und führte sie in ein ander Gemach. ›Mein liebstes Herz!‹ sprach er, da sie alleine waren, ›Euren Gemahl hat wunderlich verlangt, daß er sich abgesondert von den Leuten mit einem Küßlein Eurer Lieb versichere.‹ Damit schloß er sie in den Arm und küßte sie und sie tat gleich also. In ihrem Innern aber war sie ungehalten, dachte: was will nur der Narr? es ziemt den Wirten schlecht, die Gäste zu verlassen. Jetzt zog Herr Veit eine schwere, goldene Kette unter dem Goller hervor mit den Worten: ›Betrachtet diese Kette. Mein Ahnherr schenkte sie einst seiner Frau, der züchtigen und edlen Richenza vom Stain; hernachmals ist das Kleinod als ein ehrenwertes Denkzeichen der glücklichsten Ehe von einem Sohn auf den andern gekommen, und jetzo, heut, da Ihr mein väterliches Erbe als Hausfrau betreten, vergönnt, daß ich Euch diesen Schmuck umhängen mag: ich weiß, Ihr werdet ihn mit Ehren tragen.‹ – ›Ich danke meinem Herrn und gütigen Gemahl‹, antwortete die schöne Frau sehr freundlich: ›dafern Ihr aber irgend Zweifel habt an mir, so sei es nicht genug an meinem Wort, das Ihr in Marien-Kapelle empfangen, und ich gelobe nochmals hier, Euch als ein treues Weib zu dienen, so Gott mir nach dem Tode gnädig sei.‹ – So gingen sie, und Irmel war vergnügt über die gelbe Kette und zeigte das Geschenk mit Freuden der Gesellschaft vor.

Im Anfang ging alles ganz gut. Die Gräfin schenkte ihrem Mann im ersten Jahre einen Sohn. Sein Hauskreuz aber stellte sich beizeiten ein. Die Frau wurde geizig über die Maßen. Ein Sprichwort ging beim Volk, sie singe der Henne ums Ei. Es hieß: Frau Irmel ist nicht dumm, weil sie der Tropfen Öl im Lämplein dauert, läßt sie die Mägde bei Mondschein spinnen. Sonst war Gesang und Harfenspiel ihr schönster Zeitvertreib, jetzt tat sie nichts wie rechnen und ihre Leute scheren. Das Ärgste dabei war, sie fing ohne Wissen Herrn Löwegilts an, viel Geld auszuleihen auf Zins an ihre Untertanen und in der Nachbarschaft umher. Wenn nun die armen Leute nicht zu rechter Zeit bezahlten, sprach sie zum Vogt: ›Solang mein Mann daheim, mag ich nichts anfangen; er ist zu gut und dankt mir's wohl, wenn ich ihn mit dem Plack verschone. Jedoch das nächste Mal, daß er mit Reisigen aus ist, auf einen Monat oder zwei, da sollt Ihr sehn, wie ich mein Zornfähnlein aufs Dach stecke! Wir schicken den Presser herum und brauchen Gewalt; man muß dem Gauchenvolk die Frucht vom Acker und die Kuh von der Raufe wegnehmen.‹ Zum Glück kam es nicht gar so weit. Herr Veit erfuhr die feine Wirtschaft der Frau Gräfin und wollte sich zu Tod darüber schämen; allein weil er die Dame Tausendschön im ganzen doch wie närrisch liebte, verfuhr er christlich mit ihr und legte ihr in aller Güte den saubern Handel nieder. Das nahm sie denn so hin, wohl oder übel. Wie aber hätte ihr auch nur im Traum einfallen sollen, ihr Veit könnte so gottlos sein und den verwünschten Bauern ihre Schuld bis auf den letzten Heller schenken? Er machte das ganz in der Stille ab, und eines Tages bei Gelegenheit bekannte er's ihr frei, auf holde Art. Frau Irmel hörte ihn nur an, verblaßte, und sagte nicht ein Sterbenswort. Sie ging mit ihm denselben Tag, weil eben Ostern war, zu Gottes Tische. Da mag sie wohl ihr eigen Gift hinabgegessen haben anstatt den süßen Leib des Herrn. Von Stund an war sie wie verstockt. Es sah just aus, als hätte sie zu reden und zu lachen und zu weinen für immerdar verlernt. Wenn er so vor ihr stand und ihr zusprach mit guten klugen Worten, so sah sie unter sich wie ein demütig Muttergottesbild und wich mit falschem Seufzen auf die Seite; war der Gemahl hingegen auf der Jagd oder sonst ausgeritten, damit er einen Tag seinen Kummer vergesse, da sei der kalte Fisch daheim lauter Leben, lauter Scherz und lustige Bosheit gewesen. Wer sollte glauben, daß der Graf für eine solche Kreatur auch nur ein Fünklein Liebe haben können? Und doch, es heißt, er hing an ihren Augen trotz einem Bräutigam. Einige meinten drum, sie hab es ihm im roten Wein gegeben.

Einst saß er allein auf dem Saal und hatte seinen Knaben, nicht gar ein jährig Kind, sein liebstes Gut, auf seinem Schoß, und war sehr traurig, denn der Knabe war seit kurzer Zeit siech und elend worden und aß und trank nicht mehr, und wußte niemand was ihm fehle. Tritt leise die Amme herein, ein braves Weib, und fängt zu weinen an: ›Ach lieber Herr, ich habe etwas auf dem Herzen, das muß heraus und wäre mir die größte Sünde, so ich's vor Euch verschwieg. Dürft aber mich um Gottes willen nicht verraten bei der gestrengen Frau.‹ – Der Knabe, da sie solches sprach, bewegte sich mit Angst in seines Vaters Arm, als hätte er verstanden und gewußt, wovon die Rede sei. Der Graf winkte der Wärterin zu reden, die denn fortfuhr: ›Neulich, Ihr wart eben verreist, geh ich des Morgens, wie ich immer pflege, nach der Kammer zum Kind. Das hört ich schon von weitem schrein, als hätte man's am Messer. Indem ich eintrete, Gott steh mir bei, muß ich mit diesen meinen Augen sehn, wie die gnädige Frau den jungen Herrn, bevor sie ihm das Röcklein angezogen, glatt auf den Tisch gelegt, und ihn gequält, geschlagen und gekneipt, daß es zum Erbarmen gewesen. Wie sie mein ansichtig geworden, erschrak sie fast und tat dem Söhnlein schön und kitzelt' es, daß das arm Würmlein gelacht und geschrien untereinander. ›Schau, was er lacht!‹ rief sie: ›ist er nicht seines Vaters Konterfei?‹ – Ich dachte: wohl, du armes Kind, drum mußt du also leiden. – Herr, haltet's mir zu Gnaden, daß ich so frech vor Euer Edlen alles sage; glaubt aber nur, man hat wohl der Exempel mehr, daß eine Ehefrau ihres Mannes Fleisch und Bein im eigenen Kind hat angefeindet, und, mein ich, solches tut der böse Geist, daß einer Mutter Herz sich so verstellen muß und wüten wider die Frucht ihres Leibes.‹

So redete Judith und sah, wie ihrem Herrn ein übers andere Mal die Flammen zu Gesichte stiegen und wie er zitterte vor Zorn. Er sagte lange nichts und starrte vor sich nieder. Jetzt stand er auf, sprach zu dem Weib: ›Geh, sag dem Kaspar, daß er gleich drei Rosse fertig halten soll, den schönen Schimmel mit dem Weibersattel, den Rappen und sein eigen Pferd. Du selber lege dein Feierkleid an und nimm des Kindes Zeug zusammen in ein Bündlein, wir werden gleich verreisen. Fürchte dich nicht, dir soll kein Haar gekrümmt werden.‹ – Sie lief und tat wie ihr befohlen war, derweil Herr Veit sich rüstete. Alsdann nahm er das Büblein auf und eilte nach dem Hof. Auf seinen Wink bestieg Judith ihr Pferd; es war das edelste von allen aus dem Stall. Veit nahm den Junker vor sich hin; so ritten sie zum Tor hinaus, der Knecht hintendrein. Frau Irmel aber sah am Erkerfenster halb versteckt dem allen zu, höchlich verwundert und erbost, und bildete sich freilich ein was es bedeute. Sie folgte dem Zug mit höhnischen Blicken den Burgweg hinunter, und als die Rößlein dann ins obere Sicheltal einlenkten, sprach Irmel bei sich selbst: Richtig! jetzt geht es nach Schloß Greifenholz, zur lieben gottseligen Frau Schwägerin. – So war es auch. Dort hatte der Graf seine nächsten Verwandten, bei denen er viel Trost und für den Knaben und die Wärterin die beste Aufnahme fand. Am zwölften Morgen kehrte der bedrängte Mann um eine große Sorge leichter zu seinem Fegfeuer zurück, denn sichtbarlich gedieh das Kind fern seiner Mutter, wie eine Rose an der Maiensonne. Die Gräfin fragte, wie man denken kann, mit keiner Silbe nach dem Junker, und beide Gatten lebten so fortan als ein paar stille und höfliche Leute zusammen.

Drüber geschah's einmal, daß Löwegilt in seines Kaisers Dienst mit Kriegsvolk auswärts war sechs ganzer Monate, vom Frühling bis tief in den Herbst. Das wäre eine schöne Zeit zur Buße gewesen, Frau Gräfin! Es gibt ein altes Lied, da steht der Vers:

In Einsamkeit,
In Einsamkeit
Da wächst ein Blümlein gerne,
Heißt Reu und Leid...

Das war auch des Grafen sein Hoffen und Beten, wenn er manchmal bei stiller Nacht in seinem Zelte lag und seines Weibes dachte.

Und als nun endlich Friede ward, und Fürsten, Ritter, Knechte, des Siegs vergnügt, nach Hause zogen, da dachte Löwegilt: Gott gebe, daß ich auch den Frieden daheim finde. Er führte seine Mannschaft unverweilt auf den kürzesten Wegen zurück. Sie hatten noch zwei kleine Tagreisen vor sich, da sie an einem Abend ein Städtlein liegen sahen, wo man zu übernachten dachte. Begegnete ihnen ein Mönch, der betete vor einem Kreuz. ›Ei‹, rief der Graf, und hielt: ›das ist ja Bruder Florian! willkommen, frommer Mann! Ihr kommet vom Gebirg herüber?‹ – ›Ja, edler Herr.‹ – ›Da habt Ihr doch auf dem Schloß eingekehrt?‹ – ›Für diesmal nicht, Gestrenger, ich hatte Eil.‹ – ›Das ist nicht schön von Euch. Und nicht ein Wörtlein hättet Ihr von ungefähr vernommen, wie es dort bei mir steht?‹ – ›Ach Herr‹, antwortete der Mönch, ›die Leute dichten immer viel, wer möchte alles glauben! Begehret nicht, daß Euer Ohr damit beleidigt werde.‹ – Bei solchem Wort erschrak der Löwegilt in seine Seele, er nahm den Mönch beiseit, der machte ihm zuletzt eine Eröffnung von so schlimmer Art, daß man den Grafen laut ausrufen hörte: ›Hilf Gott! hilf Gott! hast du die Schande zugelassen, so lasse nun auch zu, daß ich sie strafen mag!‹ Und hiermit spornte er sein Roß und ritt, nur von seinem getreuesten Knappen begleitet, die ganze Nacht hindurch, als wenn die Welt an tausend Enden brennte.

Frau Irmel indes glaubte ihren Gemahl noch hundert Meilen weit dem Feinde gegenüber, sonst hätte sie wohl ihre Schwelle noch zu rechter Zeit gesäubert. Seit vielen Wochen nämlich beherbergte sie einen Gast, einen absonderlichen Vogel. Derselbe kam eines Tags auf einer hinkenden Mähre geritten und fragte nach Herrn Veit, seinem sehr guten Freunde. Der Gräfin machte er viel vor: er sei ein

Edelmann, landsflüchtig, soundso. Ein Knecht aber vom Schloß raunte den andern gleich ins Ohr, daß er den Kauzen da und dort auf Jahrmärkten gesehen habe, Latwerg und Salben ausschreien. Man warnte die Gräfin, sie hörte nicht drauf: der Bursche hatte gar zu schöne schwarze Haare, Augen wie Vogelbeer, und singen konnte er wie eine Nachtigall. Er wußte eine Menge welscher Lieder, die Gräfin schlug ihre Harfe dazu und ließ ihn nicht mehr von der Seite. Die Knechte aber und die Mägde unter sich hießen ihn nur den Ritter von Latwerg.

Nun saß das feine Paar, so wie gewöhnlich, nach dem Mittagmahl allein im Saal am großen Fenster, und schauten unter lustigem Gespräch in die offene Gegend hinaus, wie sie im hellen Sonnenschein, mit dem Fluß in der Mitte, dalag. Frau Irmel nahm ihre goldene Kette vom Hals, spielte damit und schlang sie so um ihren weißen Arm. ›Was dünkt Euch, Lieber‹, sagte sie, ›wenn ich ein Kettlein hätte, seht, nicht länger als die kleine Strecke dort, so weit die Sichel im Bogen zwischen den Wiesen längs dem Dörflein läuft. Versteht, ein jedes Glied müßte nicht größer sein als wie ich hier den Mittelfinger gegen den Daumen krümme, schaut!‹

›Ei‹, sagte der Galan, ›was Ihr für kurzweilige Einfäll habt! Das hieß' mir ein Geschmeide; hätten zwei Riesen genug dran zu schleppen.‹

›Nicht wahr? und nun was meint Ihr‹ (das sagte sie aber Herrn Veiten zum Spott, weil er von Hause aus nicht zu den Reichsten gehörte): ›wenn man dem Löwegilt sein Hab und Gut verkaufte, merkt wohl, nach Abzug dessen was *mein* ist, und machte den Plunder zu Gold und schmiedet' eine Kette draus, wie ich eben gesagt, wie groß schätzt Ihr, daß sie ausfallen würde?‹ – Es lachte der Galan und rief: ›Ich wollte schwören, sie reichte just hin, Frau Irmels Liebe zu Herrn Veit damit zu messen!‹ – Da klatschte Irmel lustig in die Hände und setzte sich dem Ritter auf den Schoß und küßte ihn und ließ sich von ihm herzen.

Auf einmal sprach er: ›Horcht! mir ist, ich höre jemand im Alkoven; wird doch das Gesinde nicht lauschen?‹ – ›Ihr träumt‹, sagte die Frau, ›er ist verschlossen gegen den Flur. Laßt mich sehen.‹

Aber, indem sie aufstehn will, o Höllenschreck! wer tritt hinter der Glastür vor – Graf Löwegilt, er selber, ihr Gemahl!

Die falsche Schlange, schnell bedacht, warf sich mit einem Schrei der Freuden dem Manne um den Hals, er schleuderte sie weg, daß sie im Winkel niederstürzte. Sodann griff seine starke Faust den Buhlen, wie dieser eben auf dem Sprung war auszureißen, und übergab ihn seinen Knechten zum sicheren Gewahrsam. Jetzt war er mit dem Weib allein. Da stand die arme Sünderin und deckte ihr Gesicht mit beiden Händen; er schaute sie erst lange an, dann nahm er ihr die Kette ab, riß solche mittenvoneinander, sprechend: › *Also sei es von nun an zwischen uns! Und diese Kette hier werde für dich zu einer Zentnerlast, und sollest ihr Gewicht jenseits des Grabs mit Seufzen tragen, bis ihre Enden wiederum zusammenkommen.*‹ Damit warf er die beiden Stücke durchs offene Fenster hinab in den Fluß.

Ich mache kurz was weiter folgt. Dem saubern Ritter ward ein lüftig Sommerhaus gezimmert mit drei Säulen, nicht fern von hier, man nennt's am Galgenforst. Frau Irmel aber saß jetzt unten in der Burg wohl hinter Schloß und Riegel. Sie bot alles Erdenkliche auf, mit List und Gewalt zu entkommen, sogar wollte sie ihren Beichtvater bestechen, dem sie bekannt, sie hätte, weil sie vom ersten Tag an ihren Mann nicht lieben können, ein großes Unheil, wie nun leider eingetroffenen, lange vorausgesehn, und drum beizeiten ihre Zukunft vorgesorgt, indem sie einen Notpfennig beiseit getan und außerhalb dem Schloß verborgen. Den Wächtern sagte sie: wer ihr zur Freiheit helfe, des Hände würde sie mit Golde füllen. Hierauf machten auch zwei einen Anschlag, sie wurden aber auf der Flucht ergriffen samt der Frau. Am andern Morgen fand man sie in ihrem Kerker tot. Sie hatte eine große silberne Nadel, womit sie immer ihre schönen Zöpfe aufzustecken pflegte, sich mitten in das Herz gestochen.

Nicht lang darauf verließ der Graf das Schloß und die Gegend für immer. Er lebte weit von hier auf einer einsamen Burg, der Hahnenkamm genannt, davon die Trümmer noch zu sehen sein sollen. Der junge Hugo war der Trost seines Alters. Er zeigte früh die edlen Tugenden und Fähigkeiten, dadurch er nachher als treuer Vasall und tüchtiger Kriegsmann in hohe Gnaden bei dem Kaiser kam. Geschlecht und Name der von Löwegilt ward nach und nach zu den berühmtesten gezählt in deutschen Landen; es kam ja das Herzogtum Astern an sie, daher sie auch den Namen führen, und, wie Euch wohl bekannt sein wird, die schöne Prinzessin Aurora, die unser König noch dies Jahr heimführt, ist eine Tochter des jetzt regierenden Herzogs, Ernst Löwegilt von Astern.«

»Was?' rief ich voll Erstaunen – »hier also, dieses Schloß wäre das Stammschloß der von Astern? und jene Irmel eine Ahnfrau der Prinzeß?«

»Nicht anders! Warum fällt Euch dies so auf?«

»Und hat das seine Richtigkeit, daß diese Irmel noch bis auf den heutigen Tag – nun, Ihr versteht mich schon –«

Josephe nickte ja, indem sie sich ein wenig an meinem Schreck zu weiden schien. Wir schwiegen beide eine ganze Weile und allerlei Gedanken stiegen in mir auf.

»Aber«, so fing ich, unwillkürlich leiser sprechend, wieder an: »auf welche Art erscheint sie denn? und wo?«

Mit einer unbegreiflichen Ruhe, doch ernsthaft wie billig, versetzte das Mädchen:

»Von jeher zeigt sie sich nur *bei* und *auf* dem Wasser, zunächst am Schloß, dem großen Saale gegenüber, dann abwärts eine Strecke bis gegen den Steg. Feldhüter und Schäfer versichern, sie nehme ihren Lauf auch wohl bis nahezu ans Dorf, weiter in keinem Fall. Ich selber sah sie bloß ein einzig Mal, vom Küchenfenster aus, die Küche aber liegt gerade unterm Saal. Es war um Johannis, drei Stunden vor Tag, wir hatten eben eine Wäsche und waren deshalb frühe aufgestanden. Der Mond schien ganz hell. Von ungefähr schau ich hinaus und auf die Sichel hinter. Da steht schneeweiß gekleidet ein schlankes Frauenbild in einem Nachen, der drüben an den Weidenbüschen so halb aus dem Schatten des grünen Gezweigs hervorstach, und ob es wohl kein rechter Nachen war, ich meine kein natürlicher, so hörte man doch deutlich, wie die Wellen am Schifflein unten schnalzten. Sie kauerte sich erst mühsam nieder, dann beugte sie sich weit über den Bord, indem sie mit den Händen hinab ins Wasser reichte und ringsherum wie suchend wühlte. Jetzt zog sie langsam, langsam, und mit dem ganzen Leib rückwärts gebeugt, etwas herauf, das schimmerte und glänzte als wie das lautre Gold und war, wie ich aufs deutlichste erkannte, eine dicke, mächtig schwere Kette. Elle um Elle zog sie herein in den Kahn, und dabei klirrt' und klang es jedesmal im Niederfallen so natürlich als nur etwas sein kann. So ging es lange fort, es war kaum auszudauern. Ich hatte meine Leute gleich herbeigeholt; die sahen alle nichts, und weil ich mich nach meiner Art weiter nicht ängstlich dabei anstellte, so hätten sie mir's nimmermehr geglaubt, wenn sie die sonderbaren Töne nicht so gut wie ich vernommen hätten. Auf einmal klatschte das Wasser laut auf, die Kette mußte abgerissen sein, so heftig schnellte es, und dabei, sag ich Euch, folgte ein Seufzer so tief aus einer hohlen Brust, so langgezogen und schmerzlich, daß wir im

Innersten zusammenschraken. In diesem Augenblick war aber auch Gestalt und Kahn, alles wie weggeblasen.

Und – ja, daß ich das auch noch sage – verzeih mir Gott, noch muß ich lachen, wenn ich daran denke. Wir Weiber gingen mäuschenstill an unsere Kessel und Zuber zurück, und rieben und seiften drauflos und traute sich keine ein Wörtlein zu reden; auch dem Herrn Vetter, merkt ich wohl, war der Schlaf für heute vergangen: er ließ sein Licht fortbrennen und ging allein die Stube auf und nieder. Kaum guckt der Tag ein wenig in die Scheiben, so sticht der Mutwill schon eine von uns an, nämlich ein junges Weib vom Dorf, man nannte sie nur die lachende Ev. Die zieht so ein langes gewundenes Leintuch ganz sachte sachte aus dem Seifenwasser, Frau Irmel nachzuäffen, und macht ein paar Augen gegen uns – husch! hat sie eine Ohrfeige.«

»Eine Ohrfeige? was?«

»Ja denkt! aber nicht vom Geist. Es war mein Herr Vetter, der zufällig hinter ihr stand und ihren Frevel so von Rechts wegen bestrafte.«

Josephe lachte so herzlich, daß ich selber den Mund ein wenig verzog. Doch sogleich tadelte sie sich: man sollte nicht spaßen auf diesen Punkt.

Sie schwieg und strickte ruhig fort. Der Regen hatte aufgehört, nur die eintönige Musik der Dachtraufen klang vor den Fenstern.

Was mich betrifft, mir war ganz unheimlich geworden. Die Vorstellung, daß ich jenem Gespenst so nahe sei, die Möglichkeit, daß erst meine Beraubung, alsdann meine Verirrung auf das Schlößchen das Werk dieses schrecklichen Wesens sein könne – dieses zusammen jagte mich im stillen in einem Wirbel von Gedanken und ängstlichen Vermutungen herum. Das kluge Mädchen konnte mir vielleicht einiges Licht in diesen Zweifeln geben, und wenn ich auch nicht wagte, ihr mein Unglück offen zu entdecken, so nahm ich doch Anlaß, ihr die Geschichte des bestohlenen Galanteriekrämers mit Zügen meiner eigenen Geschichte zu erzählen und so ihre Meinung darüber zu hören.

Sie ließ mich ausreden und schüttelte den Kopf. »Dergleichen hörte ich wohl auch«, erwiderte sie, »Sind aber dumme Märchen, erlaubt mir: Spitzbuben machen sich's zunutz, vexieren und schrecken einfältige Leute daß sie in Todesangst ihr Hab und Gut im Stiche lassen.«

»Aber die Kette!« versetzte ich dringend, »bedenke Sie Jungfer, die Kette, so viele hundert Klafter lang, die wächst doch nicht von selbst so fort, das braucht Dukaten, fremdes Gold!«

»Braucht's nicht! Was Ihr doch närrisch seid! Der ganze Plunder wiegt kein Quentlein unseres Gewichts.«

»Wie? also alles eitel Schein und Dunst?«

»Nicht anders.«

»Allein« – so fragte ich nach einigem Besinnen weiter – »der Schatz, dessen Irmel im Kerker gedachte, soll der noch irgendwo vergraben liegen?«

»Man sagt es. Hättet Ihr Lust ihn zu lösen?«

»Nicht doch; ich meine nur, weil wir gerade von so wunderbaren Räubereien reden. Wär es nicht möglich, daß eben auch besagter Schatz von Jahr zu Jahr zulegte auf Kosten mancher Passagiere?«

»Was fällt Euch ein! Ihr meint also, daß so ein armer Geist mit Zangen und Messern ausziehe und ordentlich wie ein gemeiner Strauchdieb den Leuten die Koffer und Taschen umkehre?«

Ich sah das Abgeschmackte meines Argwohns ein, allein ich wußte nicht, ob ich mich freuen oder grämen sollte. Denn wenn mich vorhin der Gedanke mit einem freudigen Schrecken ergriff, daß ich vielleicht nur wenig Schritte von meinen Dukaten entfernt sein möge, so schwand mir die Hoffnung, dieselben jemals wieder zu erblicken, nun abermals in eine ungewisse Ferne. Was aber den Umstand anbelangt, daß ich als ein Verirrter meine Zuflucht hier, gerade hier in dem verhängnisvollen Ahnenschlosse der Herzoge von Astern finden mußte, nachdem ich in der Absicht ausgereist war, ein Geschäft zu besorgen, welches unmittelbar mit der Verherrlichung von Irmels Enkelin, künftig der ersten gekrönten Königin aus diesem Stamm, zusammenhing, und das auf eine so höchst rätselhafte Art gestört werden sollte – dahinter schien doch wahrlich mehr als ein bloßer Zufall zu stecken, es mußte eine höhere Hand im Spiele sein, und fester als jemals war ich entschlossen, ihr alles mit der vollsten Zuversicht zu überlassen, mich, ihres weiteren Winkes gewärtig, jeder eigenen Geschäftigkeit und Sorge zu entschlagen.

»Mein Freund wird mir so still«, sagte Josephe: »ich dächte, wir gingen ein wenig und schöpften draußen frische Luft.« Ich war bereit, denn dies fehlte mir wirklich.

Die erquickende Kühle wirkte auch sogleich auf meinen verdüsterten Sinn. Wir gingen langsam auf den breiten Platten vor dem Hause auf und nieder, während die Schöne noch stets mit ihrem sonderbaren grünen Gestricke beschäftigt blieb. Wir bogen rechts ums Schlößchen und blickten in das stille Sicheltal, am liebsten aber wandte man doch immer wieder nach der andern Seite zurück, wo man über die niedrige Schutzmauer weg, am Abgrund des Felsen, die köstliche Aussicht auf das tiefliegende Land und näher dann am Berg herauf den Anblick eines Teils vom Dorf genoß. Dort haftete mein Auge zwar oft unwillkürlich auf dem berüchtigten Flüßchen, das, hinter dem Schloß vorkommend, sich weit in die Landschaft schlängelnd verlor; allein ich drängte mit Gewalt alle unerfreulichen Bilder zurück.

Die Gegenwart des unwiderstehlichen Mädchens begeisterte mich zu einer Art von unschuldigem Leichtsinn und kecker Sicherheit; ich hatte ein Gefühl, wie wenn mich unter ihrem Schutz nichts Widriges noch Feindliches antasten dürfte. Die Sonne trat soeben hinter grauen und hochgelben Wolken hervor, sie beglänzte die herrliche Gegend, das alte Gemäuer, ach und vor allem das frische Gesicht meiner Freundin!

»Erzählt mir was aus Eurem Leben, von Eurer Wanderschaft und Abenteuern; nichts hört sich lustiger als Reisen, wenn man's nicht selbst mitmachen kann.«

Es fehlte wenig, daß ich ihr nicht auf der Stelle mein ganzes übervolles Herz eröffnete; jedoch, um ungefähr zu prüfen, wie es wohl mit dem ihrigen stehe, fing ich in hoffnungsvollem Liebesübermut verschiedenes von Frauengunst zu schwadronieren an, und wußte mich als einen auf diesem edlen Felde schon ganz erfahrenen Gesellen auszulassen. Das Mädchen lächelte bei diesem allen getrost und still in sich hinein.

»Und nun, mein Kind«, sagt ich zuletzt, »wie denkt denn Ihr in Eurer Einsamkeit hier oben von diesem bösen Männervolk?«

»Ich denke«, sagte sie mit angenehmer Heiterkeit, »wie eben jede Braut es denken muß: der Meine ist, so Gott will, noch der Beste von allen.«

Ein Donnerschlag für mich! Ich nahm mich möglichst zusammen. »Ei so?« – rief ich lachend und fühlte dabei, wie mir ein bittrer Krampf das Maul krumm zog – »so? man hat auch schon seinen Holderstock? Das hätt ich Ihr nicht zugetraut! Wer ist denn der Liebste?«

»Ihr sollt ihn kennenlernen, wenn Ihr noch ein paar Tage bleibt«, versetzte sie freundlich und ließ den Gegenstand schnell wieder fallen. Dagegen fing sie an, ausführlich von ihrem häuslichen Leben bei den zwei alten Leuten, von den letzten Bewohnern des Guts, insonderheit von einer seligen Freifrau Sophien als ihrer unvergeßlichen Wohltäterin zu reden. Mir war längst Hören und Sehen vergangen, mir sauste der Kopf wie im Fieber. Ach Gott! ich hatte mich den lieben langen Nachmittag an diesem braunen Augenschein geweidet und gewärmt und mir so allgemach den Pelz verbrannt und weiter nichts davon gemerkt! Und jetzt, in *einem* Umsehn, wie war mir geworden! Unauslöschlichen heimlichen Jammer im Herzen! die tolle wilde Eifersucht durch alle Adern! Noch immer schwatzte das Mädchen, noch immer hielt ich wacker aus mit meiner sauer-süßen Fratze voll edler Teilnehmung, und schweifte in Gedanken schon meilenweit von hier im wilden Wald bei Nacht durch Wind und Regen, das Bündel auf dem Rücken. Ein Blick auf meine nächste Zukunft vernichtete mich ganz: die ungeheure Verantwortung, die auf mir lag, die Unmöglichkeit meiner Rückkehr nach Hause, gerichtliche Verfolgung, Schmach und Elend – dies alles tat sich jetzt wie eine breite Hölle vor mir auf.

Josephe hatte soeben geendigt. In der Meinung, ein Fuhrwerk vom Tal her zu hören, sprang sie mit Leichtigkeit aufs nächste Mäuerchen und horchte, den Ast eines Ahorns ergreifend, ein Weilchen in die Luft. Noch einmal verschlang ich ihr liebliches Bild – Ach so, dacht ich, in ebendieser Stellung, aber mit freudiger bewegtem Herzen, wird sie nun bald ihren Liebsten erwarten! Ich mußte das Gesicht abwenden, ich drängte mit Mühe die Tränen zurück. Ein Zug von Raben strich jetzt über unsern Häuptern hinweg, man hörte den kräftigen Schwung ihrer Flügel; es ging der Landesgrenze zu; der Anblick gab mir neue Kraft. Ja, ja – sprach ich halblaut: mit Tagesanbruch morgen wanderst du auch, du hast hier doch nichts zu erwarten als neue Täuschungen, neuen Verdruß! Ich fühlte plötzlich einen namenlosen Trost, als wenn es möglich wäre, mit Wandern und Laufen das Ende der Welt zu erreichen.

»Sie sind es nicht! des Müllers Esel waren's!« lachte Josephe und griff nach meiner Hand zum Niedersteigen.

Sie sah mich an. »Mein Gast ist ernsthaft worden – warum?« – Ich antwortete kurz und leichtsinnig. Sie aber forschte mit sinnenden munteren Blicken an mir und begann: »So wie wir uns hier gegenüberstehen, sollte man doch beinah meinen, wir kennten uns nicht erst von heute. Ja, aufrichtig gesagt, ich selbst kann diesen Glauben nicht loswerden, und, meiner Sache ganz gewiß zu sein, war ich gleich anfangs unhöflich genug und fragt Euch um den Namen; glaubt mir, ich brauch ihn jetzt nicht mehr. Um Euch indes zu zeigen, daß man bei mir mit faulen Fischen nicht ausreicht, so kommt, ich sag Euch was ins Ohr: – Männchen! wenn du ein *Schneider* bist, will ich noch heut Frau Schneidermeisterin heißen, und, Männchen! wenn du nicht der *kalte Michel* bist, heißt das *Franz Arbogast* aus Egloffsbronn, bin ich die dumme Beth von Jünneda« – hiemit kniff sie mich dergestalt in meinen linken Ohrlappen, daß ich laut hätte aufschreien mögen – zugleich aber fühlte ich auch so einen herzlichen, kräftigen Kuß auf den Lippen, daß ich wie betrunken dastand. »Für diesmal kommt Ihr so davon!« rief sie aus: Adieu, ich muß jetzt kochen. Ihr bleibt nur hübsch hier und legt Euch in Zeiten auf Buße.«

Nachdem ich mich vom ersten Schrecken ein wenig erholt, empfand ich zunächst nur die süße Nachwirkung des empfangenen Kusses. All meine Sinne waren wie zauberhaft bewegt und aufgehellt; ich blickte wie aus neuen Augen rings die Gegenstände an, die ganz in Rosenlicht vor mir zu schwanken schienen. Wie gern wär ich Josephen nachgeeilt, doch eine sonderbare Scham ließ mir's nicht zu. Dabei trieb mich ein heimliches Behagen, die angenehmste Neugierde, wohin dies alles denn noch führen möchte, unstet im Hofe auf und ab. Denn daß die unvergleichliche Dirne mehr als ich denken konnte von mir wisse, daß sie, vielleicht im Einverständnisse mit ihren Leuten, irgend etwas Besonderes mit mir im Schilde führe, soviel lag wohl am Tage, ja mir erschien auf Augenblicke, ich wußte nicht warum, die fröhlichste Gewißheit: alle mein unverdientes Mißgeschick sei seiner glücklichen Auflösung nahe.

Leider fand sich den Abend keine Gelegenheit mehr, mit dem Mädchen ein Wort im Vertrauen zu reden. Die Alten kamen unversehens an, schwatzten, erzählten und packten Taufschmausbrocken aus. Dazwischen konnte ich jedoch bemerken, daß mich Josephe über Tisch zuweilen ernst und unverwandt, gleich als mit weit entferntem Geist, betrachtete, so wie mir nicht entgangen war, daß sie gleich bei der Ankunft beider Alten von diesen heimlich in die Kammer nebenan genommen und eifrigst ausgefragt wurde. Es mußte der Bericht nach Wunsch gelautet haben, denn eines nach dem andern kam mit sehr zufriedenem Gesicht zurück. Später, beim Gute-Nacht unter der Tür, drückte Josephe mir lebhaft die Hand. »Ich wünsche«, sagte sie, »daß Ihr Euch fein bis morgen auf etwas Guts besinnen mögt.« – Lang grübelte ich noch im Bett über die Worte nach, vergeblich mein Gedächtnis quälend, wo mir denn irgendeinmal in der Welt diese Gesichtszüge begegnet wären, die mir bald so bekannt, bald wieder gänzlich fremde deuchten. So übermannte mich der Schlaf.

Es schlug ein Uhr vom Jünnedaer Turm, als ich, von heftigem Durste gepeinigt, erwachte. Ich tappte nach dem Wasserkrug; verwünscht! er schien vergessen. Ich konnte mich so schnelle nicht entschließen mein Lager zu verlassen, um anderswo zu suchen was ich brauchte. Ich sank schlaftrunken ins Kissen zurück, und nun entspann sich, zwischen Schlaf und Wachen, der wunderlichste Kampf in mir: stehst du auf? bleibst du liegen? Ich suche endlich nach dem Feuerzeug, ich schlage Licht, werfe den Überrock um und schleiche in Pantoffeln durch den Gang, die Treppe hinab... Ob ich dies wachend oder schlafend tat – das, meine Wertesten, getraue ich mir selbst kaum zu entscheiden; es ist das ein Punkt in meiner Geschichte, worüber ich trotz aller Mühe noch auf diese Stunde nicht ins reine kommen konnte. Genug, es kam mir vor, ich stand im untern Flur und wollte nach der Küche. Die Ähnlichkeit der Türen irrte mich und ich geriet in ein Gemach, wo sich verschiedenes Gartengerät, gebrauchte Bienenkörbe und sonstiges Gerümpelwerk befand; auch war an der breitesten Wand eine alte, riesenhafte Landkarte von Europa aufgehängt (wie ich denn dieses alles den andern Tag gerade so beisammen fand). Schon griff ich wieder nach der Türe, als mir auf einem langen Brett bei andern Gefäßen ein voller Essigkolben in die Augen fiel. Das löscht den Durst doch besser als bloßes Wasser, dachte ich, hub den Kolben herab und trank in unmenschlichen Zügen; es wurde mir gar nicht genug. Auf einmal rief nicht weit von mir vernehmlich ein äußerst feines Stimmchen: »He! Landsmann, zünd Er doch ein klein bißchen hierher!« Ich sah mich allenthalben um, und es rief wieder: »Da! daher, wenn's gefällig ist.« So leuchte ich gegen die Karte hin, ganz nahe, und nehme mit Verwunderung ein Männlein wahr, auf Ehre, meine Damen, nicht größer als ein Dattelkern, vielleicht noch kleiner! Natürlich also ein Elfe, und zwar der Kleidung nach ein simpler Bürgersmann aus dieser Nation; sein grauer Rock etwas pauvre und landstreichermäßig. Er hing, vielmehr, er stand wie angeklebt auf der Karte, just an der südlichen Grenze von Holland.

»Noch etwas näher das Licht, wenn ich bitten darf«, sagte das Kerlchen, »Möchte nur gelegentlich sehen, wie weit es noch bis an den Pas de Calais ist, und unter welchem Grad der Länge und Breite ich bin.«

Nachdem er sich gehörig orientiert hatte, schien er zu einigem Diskurs nicht übel aufgelegt. Bevor ich ihn jedoch weiter zum Worte kommen ließ, bat ich ihn um den einzigen Gefallen, er möchte sich von mir doch auf den Boden niedersetzen lassen, »denn«, sagte ich in allem Ernst, »mir schwindelt, Euch in dieser Stellung zu sehen; habt Ihr doch wahrhaftig weit über Mückengröße und Gewicht, und wollt so mir nichts, dir nichts, an der Wand hinauflaufen ohne zu stürzen! Hier ist meine Hand, seid so gut.« – Statt aller Antwort machte er mit hellem Lachen drei bis vier Sätze in die Höhe, oder vielmehr, von meinem Standpunkt aus zu reden, in die Quere. »Versteht Ihr nun«, rief er aus, »was Schwerkraft heißt, Anziehungskraft der Erde? Ei Mann, ei Mann, habt ihr so wenig Bildung? Seht her!« Er wiederholte seine Sprünge mit vieler Selbstgefälligkeit. »Indessen, wenn's Euch in den Augen weh tut, auf ein Viertelstündchen kommt mir's nicht an. Nur nehmet die Karte behutsam hüben und drüben vom Nagel und laßt sie allgemach samt mir aufs Estrich herab, denn dies Terrain zu verlassen ist gegen meine Grundsätze.« Ich tat sofort mit aller Vorsicht wie er's verlangte. Das Blatt lag ausgebreitet zu meinen Füßen und ich legte mich, um das Wichtlein besser vor Augen zu haben, gerade vor ihm nieder, so daß ich ganz Frankreich und ein gut Stück vom Weltmeer mit meinem Körper zudeckte. Das Licht ließ er hart neben sich stellen, wo er denn, ganz bequemlich an den untern Rand des Leuchters gelehnt, sein Pfeiflein füllte und sich von mir den Fidibus reichen ließ.

»Ich war nämlich«, fing er an, »vormals Feldmesser in königlichen Diensten, verlor durch allerlei Kabalen diesen Platz, worauf ich eine Zeitlang bei den Breitsteißlern diente.« Bei dieser Gelegenheit ließ ich mir sagen, daß es mehrere Elfenvolksstämme gebe, die sich durch Leibesgröße gar sehr unterscheiden; die kleinsten wären die Zappelfüßler, zu denen sich mein wackerer Feldmesser bekannte, dann kämen Heuschreckenritter, Breitsteißler und so fort, zuletzt die Waidefeger, welche nach der Beschreibung ungefähr die Länge eines halben Mannsarms messen mögen. »Nun«, fuhr der kleine Prahlhans fort, »treib ich aber meine Kunst privatim aus Liebhaberei, mehr wissenschaftlich, reise daneben und verfolge noch einen besondern Zweck, den ich freilich nicht jedem unter die Nase binde.«

»Ihr habt«, bemerkte ich, »bei diesen wichtigen Geschäften doch immer hübsch trockenen Weg.«

»All gut«, versetzte er, »aber auch immer trockene Kehle. Den Mittag schien die Sonne so warm dort in dem Strich über Trier herein, daß ich beinah verschmachtet wär – Apropos, guter Freund, füllt doch einmal da meine Wanderflasche.« »Unser Wein ist aber stark«, sagt ich, indem ich ihn mit einem Tropfen aus meinem Essigkrug bediente. »Hat keine Not«, sprach er, und soff mit Macht, wobei er das Mündlein ein wenig verzog. »Was übrigens«, fuhr er nun fort, »den Weg betrifft, zum Exempel bei Nacht, ja lieber Gott, da ist einer keinen Augenblick sicher, ob er auf festem Erdreich einhergeht oder im Wasser; das wäre zwar insoweit einerlei, man macht ja keinen Fuß hier naß; hingegen ein Gelehrter, seht, es ist so eine Sache, man will sich keine Blöße geben, nicht einmal vor sich selbst. Ich lief unlängst bei hellem Tag nicht weit von der Stadt Andernach, und sah so in Gedanken vor mich nieder und dachte an nichts – auf einmal liegt der grüne breite Rhein, wie'n Meer, vor meinen Füßen! um ein kleines wär ich hineingeplumpst so lang wie ich bin – wie dumm! und stand doch schon eine Viertelstunde davor mit ellenlangen Buchstaben deutlich genug geschrieben: Rhenus. Vor Schrecken fiel ich rückwärts nieder und dauerte zwei Stunden, bis ich mich wieder besann und erholte.« – »Aber«, fragt ich, »habt Ihr denn das Rauschen dieses Stroms nicht schon von fern gehört?« »Gehorsamer Diener, Mosje, so weit haben's eure Herren Landkartenmacher noch nicht gar gebracht; all die Gewässer da, wie hübsch sie sich auch krümmen, machen nur stille Musik.« Der Feldmesser schwieg eine Zeitlang und schien etwas zu überlegen.

»Hört«, fing er wieder an, »ich muß jetzt doch mit meiner Hauptsache heraus. Ihr könntet mir einen Gefallen erweisen.«

»Recht gern.« – »So sagt einmal, es gibt ja sogenannte Osterkinder unter euch Menschen; wißt Ihr mir wohl Bescheid, wie solche ungefähr aussehn?« »Gewiß«, versetzte ich. Der Feldmesser hüpfte vor Freuden hoch auf. »Jetzt will ich Euch denn gleich vertrauen«, sprach er weiter, »um was es mir eigentlich ist. Merket auf. Euch ist bekannt, wo Jünneda liegt; unweit vom Irmelschloß. Nun haust in diesem Gau der Waidefegerkönig, ein stolzer, habgieriger Fürst, allzeit auf Raub und Plünderung bedacht, bestiehlt sogar das Menschenvolk nächtlicherweis und schleppt was er von Gold erwischen kann nach seinem alten Schatzgewölb – was glotzt Ihr mich so an? es ist doch wahr; die Waidfeger wittern das Gold. Da ist neulich erst wieder so ein Streich passiert, daß die Koken sich hinter ein Fuhrwerk machten, und einem reisenden Kaufherrn den Goldsack zwischen den Füßen ausleerten!«

»Was? zwischen den Füßen? ein Felleisen, nicht wahr?«

»Ja, oder dergleichen. Die haben ihre Pfiffe, Herr! Wie der Blitz kommen die einem Wagen von unten her bei, ein paar setzen sich auf die Langwied, durchgraben den Boden und schütteln den Dotter heraus – das Gelbe vom Ei, wie sie sagen – was Weißes ist, Silbergeld, lassen sie liegen.«

»Wo aber tragen sie's denn hin, ums Himmels willen? wo hat der König seinen Schatz?«

»Beim Sixchen, ja, das sollt ich eben wissen. Versteht, es hat damit so seine eigene Bewandtnis. Der Grundstock ist von Menschenhand gelegt, vor etlich hundert Jahren; von der bösen Frau Irmel habt Ihr gehört – ich kenn sie wohl und sie mich auch, mir tut sie nichts zuleide. Gut also, die soll noch zu ihren Lebzeiten eine Kiste mit einem braven Sparpfennig wo eingemauert haben – das war noch zu Hadelocks Zeiten, des ältesten Waidfegerkönigs. Nicht lange stand es an, so kam auch schon das Waidheer dahinter. Der König legte gleich Beschlag darauf und machte das Gewölbe zu seiner heimlichen Schatzkammer, wo man sofort alle kostbare Beute verwahrte, darunter auch die große Irmelskette, die Hadelock der Andere mit erstaunlicher Arbeit und Mühe in zweien Stücken aus dem sandigen Bette der Sichel herausschaffen lassen. Der Irmel-Geist hat seitdem keine Ruhe und sucht die Kette und kann sie nicht finden. Nun geht im Volk eine uralte Sage: ein Menschenjüngling würde dereinst das Kleinod ans Tageslicht bringen und wiederum zusammenfügen, dann wäre auch der Geist erlöst; der Jüngling aber müsse als ein Osterkind geboren sein, die seien äußerst rar und käme oft in einem Säkulo kaum *eins* zur Welt. Doch, unter uns gesagt, ich denke schon den rechten Mann wo aufzugabeln und wär es am Ende der Welt. Ich habe mich deshalb hier auf die Bahn gemacht, vorläufig einmal die Wege einzulernen und die Strapazen einer solchen Reise, Hunger und Durst in etwas zu gewöhnen. Mein Glück ist gemacht auf zeitlebens, wofern es gelingt, und Euch soll's nicht gereuen, wenn Ihr mir Rat und Beistand leisten mögt.«

Ich wollte ihm eben antworten, als er, das Köpfchen schnell zur Seite drehend und in die Ferne horchend, mir Stillschweigen zuwinkte. »Der Waidekönig gibt heute ein Fest; ich höre sie von weitem jubeln.«

»Wo denn?«

Er deutete links in die Ecke der Karte hinauf. Dort waren nämlich, wie man es auf älteren Augsburger Blättern gewöhnlich bemerkt, zu Verzierung des Titels verschiedene Schildereien angebracht, gewisse Symbole der Kunst, Zirkel und Winkelmaß, an den mächtigen Stamm einer Eiche gelehnt, hinter dem ein Stück Landschaft hervorsah, ein Tal mit Rebenhügeln und dergleichen, im Vordergrund eine gebrochene Weinbergmauer; das Ganze fabrikmäßig roh koloriert.

»Seht Ihr noch nichts?«

»Wo denn, zum Henker?«

»Unten im Tal!«

»Nicht eine Spur!«

»So seid Ihr blind, ins Kuckucks Namen!«

Jetzt kam es mir wahrhaftig vor, als wenn die Landschaft Leben annähme, die matten Farben sich erhöhten, ja alles schien sich vor mir auszudehnen, zu wachsen und zu strecken, der Länge wie der Breite nach; die Formen schwollen und rundeten sich, die Eiche rauschte in der Luft, zugleich vernahm ich ein winziges Tosen, Schwirren und Klingen von lachenden, jubelnden, singenden Stimmchen, das offenbar aus der Tiefe herkam.

»Stellt Euer Licht weg!« rief mir der Feldmesser zu, »oder löschet es lieber gar aus! der Mond ist ja schon lang herauf.« Ich tat wie er befahl, und da ließ freilich alles noch hundertmal schöner. Als ich aber vollends den Kopf übers Mäuerchen streckte – o Wunder! sah ich das lieblichste Tal sehr artig und festlich erleuchtet, mit tausend geputzten, gepützelten Leutchen bedeckt, die immerhin eine ziemlich ansehnliche Größe hatten, sehr schlank und wohlgebaute Puppen. Es war ein unendliches Drängen. Der meiste Teil bestand aus Landleuten, welche mit Kübeln und Butten geschäftig zwischen den Kufen umsprangen. Eine Weinlese also, und eine königliche zwar! Denn vorn sah man in bunten geselligen Gruppen die Vornehmen vom Hofe, nach hinten zu eine gedeckte Tafel; vor allem stach ein Zelt hervor, es schien aus blendendweißen Herbstfäden gewoben, mit grünen Atlasdraperien behängt, welches im Mond- und Fackelschein aufs herrlichste erglänzte. Der Feldmesser war neben mir auf einen untern Ast der Eiche geklettert, wo er kommode alles übersah. Ich hatte gerade den König entdeckt und meine Augen suchten just die Königin, da ruft mir mein Begleiter zu: »Seht! Seht!« und deutet in die Luft nach einer neuen Erscheinung, welche zugleich von der ganzen kleinmächtigen Menge mit Jubelgeschrei und aufgeworfenen Mützen begrüßt wird. Wie muß ich erstaunen, wie hüpft mir das Herz vor kindischer närrischer Freude, als ich den goldnen Hahn vom Jünnedaer Kirchturm mit der großen Uhrtafel in seinen zwei Klauen daherfliegen sehe! Der arme Tropf flog sichtbar angestrengt, seine Flügel klirrten erbärmlich. Indessen merkt ich bald was daraus werden sollte: ein Festschießen galt es und hier kam die Scheibe. Der Vogel erreichte die Erde, setzte die Tafel inmitten eines länglicht umschränkten Platzes und ließ zugleich zwei Eisen fallen (die Zeiger der Uhr ohne Zweifel), die alsbald von mehreren Edlen betrachtet, in der Hand gewogen und wie es schien verdrießlich, als ein paar unförmliche Wurfspieße, wieder weggelegt wurden. Die Schützen zogen dagegen ihre silbernen Bogen hervor, alles ordnete sich, das Ziel war gerichtet, der Hahn amtspflichtlich stellte sich darauf. Er krähte hell bei jedem Schuß die betreffende Zahl nach den Ringen. Die Majestät selber verschmähte nicht, die Armbrust einmal zu versuchen, und ob sie gleich ganz abscheulich fehlschoß, ja sogar den Rufer blutig verletzte, so schrie derselbe doch, anständig seinen Schmerz verbeißend, mit lauter Stimme: »Zwölf in die Minut!« was diesmal ausnahmsweise noch höher als das Schwarze galt. Unmäßiger Beifall erscholl aus den Reihen, derweil der Göckel sich insgeheim den Pfeil aus seinem Schwanze zog. Ich konnte mich des Lachens nicht enthalten. Mein Feldmesser raunte mir zu: auf die Scheibe sei der König nie glücklich gewesen; vor zwei Jahren sei der gleiche Fall begegnet und man wolle wissen, es habe damals der Monarch, als ihm sein Hofnarr die wahre Bewandtnis mit dem Meisterschuß ins Ohr gesagt, die edle Delikatesse des Turmhahns so wohl vermerkt, daß er desselben alleruntertänigstes Gesuch, ihm seine unscheinbar gewordene Vergoldung erneuern zu lassen, nicht nur ohne weiters bewilligt, sondern ihm überdies Titel und Rang eines geheimen Wetter- und Kirchenrats gnädigst verliehen habe.

Nun aber setzte sich der Hof zu Tische, und da war ich es leider selbst, welcher die ganze Herrlichkeit verstörte. Ich konnte nämlich bei andauerndem entsetzlichem Durste unmöglich der Versuchung widerstehn, den Arm ins Tal hinabzustrecken, und mir eine der größten, mit rotem Most gefüllten Kufen heraufzulangen, die ich auch, unbekümmert um das rasende Zetergeschrei, das in der Tiefe losbrach, geschwinde ausgetrunken hatte, nur eben wie man einen Becher leert. »Wir sind verloren!« rief der Feldmesser aus, rutschte vom Baum und war nicht mehr zu sehen. »Heidoh!! Heidoh!« scholl's aus dem Tal, »ein Menschenungeheuer auf der Höhe! Weh, weh! bei der heiligen Eiche! bei Hadelocks Baum!« »Auf! zu den Waffen, tapfre Recken!« rief eine stärkere Stimme: »rettet! rettet! dort ist mein Schatzgewölbe! des Königs heiliger Schatz!« Ein wütendes Getrappel kam jetzt über Stock und Stein den Berg herauf. Ich dachte an ein großes Hornißheer, ließ schnell den Becher fallen und entfloh.

Wie ich auf meine Stube, wie ich ins Bett gelangte, weiß ich nicht. Das weiß ich, daß ich mir die Augen rieb und nur geträumt zu haben glaubte.

Es war erst eben heller Tag geworden. Das sonderbare Nachtgesicht beschäftigte mich sehr. Der Leuchter stand auf meinem Tisch, die Tür war ordentlich verriegelt, hingegen fehlte der Wasserkrug richtig, und meinen Durst schien ich gestillt zu haben, denn wirklich, er war ganz verschwunden. Auf jeden Fall hat mir in meinem Leben kein Traum einen so heitern Eindruck hinterlassen; ich konnte nicht umhin, die glücklichste Vorbedeutung darin zu erblicken.

Mein Frohmut trieb mich aus dem Bette, so früh es auch noch war. Ich zog mich an und pfiff dabei vergnüglich in Gedanken. Von ungefähr kam mir mein leerer Beutel in die Hand, und in der Tat ich konnte ihn diesmal mit größter Seelenruhe betrachten. An seinem ledernen Zugbande hing ein alter, schlichter, oben und unten offener Fingerhut, den ich als ehrwürdigen Zeugen einer kindlichen Erinnerung seit vielen Jahren aus Gewohnheit, um nicht zu sagen aus Aberglauben, immer bei mir trug. Indem ich ihn so ansah, war's als fiel' es mir wie Schuppen von den Augen; ich glaubte mit einmal zu wissen, warum mir Josephe so äußerst bekannt vorgekommen, ja was noch sonderbarer – ich wußte wer sie sei! »Bei allen Heiligen und Wundern!« rief ich aus, und meine Kniee zitterten vor Schrecken und Entzücken: »es ist Ännchen! mein Ännchen und keine Josephe!«

Es drang mich fort, hinunter: unwissend, was ich wollte oder sollte, schoß ich, barfüßig, wie von Sinnen, den kalten Gang vor meinem Zimmer auf und nieder; ich preßte, mich zu fassen, die Hand auf meine Augen – »Sie kann's nicht sein!« rief ich, »du bist verrückt! ein Zufall hat sein Spiel mit dir – und doch...« Ich hatte weder Ruhe noch Besinnung, alle die Wenn und Aber, Für und Wider bedächtig auszuklauben, nein, auf der Stelle, jetzt im Augenblick, durchs Mädchen selbst wollt ich Gewißheit haben; mein Innerstes lechzte und brannte nach ihr, nach ihrem lebendigen Anblick! Ich war die Treppe hinabgeschlichen und hatte im Vorbeigehn einen Blick in das Gemach geworfen, wo die Landkarte hing – allein was kümmerte mich jetzt das Teufelszeug! ich spürte nach des Mädchens Kammer: umsonst, noch rührte sich kein Laut im ganzen Hause. Ich konnte doch wahrhaftig nicht, als wäre Feuer im Dach, die Leute aus den Betten schreien, um nachher, wenn ich mich betrogen hätte, als ein Wahnsinniger vor ihnen dazustehn. Ich ging zurück nach meinem Zimmer, warf mich in voller Desperation aufs Bett und begrub mein Gesicht in die Kissen.

Doch es ist Zeit zu sagen, was mir so plötzlich eingekommen war.

In meiner Vaterstadt, zu Egloffsbronn, als meine Mutter sich sehr knapp, nach Witwenart, mit mir in ein Oberstübchen hinterm Krahnen zusammengezogen (ich war damals zehn Jahre alt), wohnte mit uns im gleichen Haus ein Sattlermeister, ein liederlicher Kerl, der nichts zu schaffen hatte und, weil er etwas Klarinett verstand, jahraus jahrein auf Dorfhochzeiten und Märkten herumzog. Sein junges Weib war ebenfalls der Leichtsinn selber. Sie hatten aber eine Pflegetochter, ein gar zu schönes Kind, mit welchem ich ausschließlich Kameradschaft hielt. An einem schönen Sonntagnachmittag, wir kamen eben aus der Kirche von einer Trauung her, ward von dem Pärchen ernstlich ausgemacht, daß man sich dermaleinst heiraten wolle. Ich gab ihr zum Gedächtnis dieser Stunde ein kleines Kreuz von Glas, sie hatte nichts so Kostbares in ihrem Vermögen, und heute noch kann ich es spüren, wie sie mich dauerte, als sie mir einen alten Fingerhut von ihrem Pfleger, an einem gelben Schnürchen hängend, übermachte. – Allein es sollte dieses Glück sehr bald aufs grausamste vernichtet werden. Im folgenden Winter nach unsrer Verlobung brach in der Stadt eine Kinderkrankheit aus, die man in dieser Gegend zum ersten Male sah. Es war jedoch nicht mehr noch weniger als das bekannte Scharlachfieber. Die Seuche räumte greulich auf in der unmündigen Welt. Auch meine Anne wurde krank. Mir war der Zutritt in die untere Kammer, wo sie lag, bei Leib und Leben untersagt. Nun ging es eben in die dritte Woche, da kam ich eines Morgens von der Schule. Weil meine Mutter nicht daheim, der Stubenschlüssel abgezogen war, erwartete ich sie, Büchlein und Federrohr im Arm, unter der Haustür und hauchte in die Finger, denn es fror. Auf einmal stürmt die Sattlersfrau mit lautem Heulen aus der Stube: soeben hab ihr Ännchen den letzten Zug getan! – Sie rannte fort, wahrscheinlich ihren Mann zu suchen. Ich wußte gar nicht wie mir war. Es wimmelten just so dicke Flocken vom Himmel; ein Kind sprang lustig über die Gasse und rief wie im Triumph. »'S schneit Müllersknecht! schneit Müllersknecht! schneit Müllersknecht!« Es kam mir vor, die Welt sei närrisch geworden und müsse alles auf den Köpfen gehn. Je länger ich aber der Sache nachdachte, je weniger konnte ich glauben, daß Ännchen gestorben sein könne. Es trieb mich, sie zu sehn, ich faßte mir ein Herz und stand in wenig Augenblicken am ärmlichen Bette der Toten, ganz unten, weil ich mich nicht näher traute. Keine Seele war in der Nähe. Ich weinte still und ließ kein Aug von ihr und nagte hastig hastig an meinem Schulbüchlein.

»Schmeckt's, Kleiner?« sagte plötzlich eine widrige Stimme hinter mir; ich fuhr zusammen wie vorm Tod, und da ich mich umsehe, steht eine Frau vor mir in einem roten Rock, ein schwarzes Häubchen auf dem Kopf und an den Füßen rote Schuhe. Sie war nicht sehr alt, aber leichenblaß, nur daß von Zeit zu Zeit eine fliegende Röte ihr ganzes Gesicht überzog. »Was sieht man mich denn so verwundert an? Ich bin die Frau von Scharlach! oder, wie der liebwerteste Herr Doktor sagen, die Fee Briscarlatina!«[1] Sie ging nun auf mein armes Ännchen zu, beugte sich murmelnd über sie, wie segnend, mit den Worten:

»Kurze Ware,
Roter Tod;
Kurze Not
Und kurze Bahre!«

»Wär Numero Dreiundsiebenzig also!« Sie schritt vornehm die Stube auf und ab, dann blieb sie plötzlich vor mir stehn und klopfte mir gar freundlich kichernd auf die Backen. Mich wandelte ein unbeschreiblich Grauen an, ich wollte entspringen, wollte laut schreien, doch keins von beiden war ich imstande. Endlich, indem sie steif und strack auf die Wand losging, verschwand sie in derselben.

Kaum war sie weg, so kam Frau Lichtlein zur Türe herein, die Leichenfrau nämlich, ein frommes und reinliches Weib, das im Rufe geheimer Wissenschaft stand. Auf ihre Frage: wer soeben dagewesen? erzählte ich's ihr. Sie seufzte still und sagte, in drei Tagen

---

[1] Viele Jahre nachher, als ich diese Geschichte gelegentlich vor einer Gesellschaft erzählte, tat sich ein junger Arzt nicht wenig auf die Entdeckung zugut, daß jene Worte weiter nichts als eine sonderbare Verstümmelung des lateinischen Namens Febris scarlatina seien. Der nämliche Gelbschnabel setzte mir dabei sehr gründlich auseinander, die ganze Erscheinung sei ein bloßes Phantasma gewesen, der fieberhafte Vorbote meiner bereits erfolgten Ansteckung; auf gleiche Weise pflege sich in Ungarn das gelbe Fieber anzukündigen.

würd ich auch krank sein, doch soll ich mich nicht fürchten, es würde gut bei mir vorübergehn. Sie hatte mittlerweilen das Mädchen untersucht, und ach, wie klopfte mir das Herz, da sie mit einigem Verwundern für sich sagte: »Ei ja! ei ja! noch warm, noch warm! Laß sehn, mein Sohn, wir machen eine Probe.« Sie zog zwei kleine Äpfel aus der Tasche, weiß wie das schönste Wachs, ganz ungefärbt und klar, daß man die schwarzen Kern beinah durchschimmern sah. Sie legte der Toten in jede Hand einen und steckte sie unter die Decke. Dann nahm sie ganz gelassen auf einem Stuhle Platz, befragte mich über verschiedene Dinge: ob ich auch fleißig lerne und dergleichen; sie sagte auch, ich müßte Goldschmied werden. Nach einer Weile stand sie auf: »Nun laß uns nach den Äpfeln sehn, ob sie nicht Bäcklein kriegen, ob sich der Gift hineinziehn will.« Ach, lieber Gott! weit weit gefehlt! kein Tüpfchen Rot, kein Striemchen war daran. Frau Lichtlein schüttelte den Kopf, ich brach in lautes Weinen aus. Sie aber sprach mir zu: »Sei wacker, mein Söhnchen, und gib dich zufrieden, es kann wohl noch werden.« Sie hieß mich aus der Stube gehn, nahm Abschied für heute und schärfte mir ein, keinem Menschen zu sagen was sie getan.

Auf der Treppe kam mir meine Mutter entgegen. Sie schlug die Hände überm Kopf zusammen, daß ich bei Ännchen gewesen. Sie hütete mich nun aufs strengste und ich kam nicht mehr aus der Stube. Man wollte mir am andern Tag verschweigen, daß meine Freundin gegen Abend beerdigt werden sollte; allein ich sah vom Fenster aus, wie der Tischler den Sarg ins Haus brachte. (Der Tischler aber war ein Sohn der Leichenfrau.) Jetzt erst geriet ich in Verzweiflung und war auf keine Art zu trösten. Darüber stürmte die Sattlersfrau herauf, meine Mutter ging ihr vor die Tür entgegen und jene fing zu lamentieren an, ihr liederlicher Mann sei noch nicht heimgekommen, sie habe keinen Kreuzer Geld daheim und sei in großer Not. Ich unterdessen, aufmerksam auf jeden Laut im untern Hause, hatte den Schemel vor ein kleines Guckfenster gerückt, welches nach hinten zu auf einen dunkeln Winkel sah, wohinaus auch das Fenster des Kämmerchens ging, in welchem Ännchen lag. Da sah ich unten einen Mann, dem jemand einen langen schweren Pack, mit einem gelben Teppiche umwickelt, zum Fenster hinausreichte. Ahnung durchzuckte mich, freudig und schauderhaft zugleich: ich glaubte Frau Lichtlein reden zu hören. Der Mann entfernte sich geschwind mit seinem Pack. Gleich darauf hörte ich hämmern und klopfen, ohne Zweifel wurde der Sarg zugeschlagen. Die Mutter kam herein, nahm Geld aus dem Schranke und gab es dem Weib vor der Türe. Ich weiß nicht, was mich abgehalten haben mag, etwas von dem zu sagen was eben vorgegangen war, im stillen aber hegte ich die wunderbarste Hoffnung; ja als der Leichenzug anging und alles so betrübt aussah, da lachte ich heimlich bei mir, denn ich war ganz gewiß, daß Ännchen nicht im Sarge sei, daß ich sie vielmehr bald lebendig wiedersehen würde.

In der folgenden Nacht erkrankte ich heftig, redete irre und seltsame Bilder umgaukelten mich. Bald zeigte mir die Leichenfrau den leeren Sarg, bald sah ich, wie sie sehr geschäftig war, den roten Rock der bösen Fee, samt ihren Schuhen, in den Sarg zu legen, bevor man ihn verschloß. Dann war ich auf dem Kirchhof ganz allein. Ein schönes Bäumchen wuchs aus einem Grab hervor und ward zusehends immer größer, es fing hochrot zu blühen an und trieb die prächtigsten Äpfel. Frau Lichtlein trat heran: »Merkst du?« sprach sie: »das macht der rote Rock, der fault im Boden. Muß gleich dem Totengräber sagen, daß er den Baum umhaue und verbrenne; wenn Kinder von den Früchten naschen, so kommt die Seuche wieder aus.«

Dergleichen wunderliches Zeug verfolgte mich während der ganzen Krankheit, und monatelang nach meiner Genesung verließ mich der Glaube nicht ganz, daß das Mädchen noch lebe, bis meine Mutter, welcher ich inzwischen alles anvertraute, mich mit hundert Gründen so schonend wie möglich eines andern belehrte. Auch wollte leider in der Folge wirklich kein Ännchen mehr zum Vorschein kommen. Mit erneuertem Schmerz vernahm ich nur später, das gute Kind wäre vielleicht bei einer besseren Behandlung noch gerettet worden, doch beide Pflegeeltern wären der armen Waise längst gern los gewesen.

Wir kehren zum grauen Schlößchen zurück.

Ich war so sehr in die Vergangenheit vertieft, daß ich einige Zeit die lebhafte Bewegung, die sich indes unten in der Wohnung des Schloßvogts verbreitete, ganz überhörte. Nun sprang ich auf, fuhr rasch in meine Kleider und ging hinab.

Schon von weitem vernahm ich die heftige Stimme der Alten im Innern der Stube. Es war ein lamentierendes Verwundern, Schelten und Toben, worein der Vogt zuweilen einen derben Fluch mischte. Ich stutzte, blieb stehn. »Der Spitzbub!« hieß es innen – »der keinnützige Schuft! vierhundert Dukaten! ist das erhört? Drum hat er gleich von Anfang seine Profession verleugnet! Du meine Güte, was sind wir doch Narren gewesen!«

Jetzt hatte ich genug. Mein Blut schien stillzustehen. Am äußern Hoftor stand ein junger, gutgekleideter Mann: er kehrte mir den Rücken zu, indem er einen Buben, der draußen Ziegen hütete, mit eifrigen Gebärden zu sich winkte; er gab ihm einen Auftrag, wie es schien, sehr dringend, und rief dem Knaben, da er schon im Laufen war, noch halblaut nach: »Sie sollen doch ins Teufels Namen machen! und ja die Fußeisen mitbringen! hörst du?« – – Man denke sich meine Bestürzung! Besinnungslos klink ich die Türe auf und trete in die Stube. Bloß beide Eheleute sind zugegen. Kein rechter Gruß, kein Blick wird mir gegönnt. Ein frisches Zeitungsblatt liegt auf dem Tisch, welches der Schloßvogt hurtig zu sich steckt, ich denke mir im Nu was es enthält. Er geht hinaus, vermutlich dem jungen Mann zu melden, daß ich schon unten sei.

»Ihr habt Besuch bekommen?« fragte ich, um nur etwas zu reden, mit erzwungenem Gleichmut die Alte. »Meiner Nichte Bräutigam!« versetzte sie kalt und fing mit recht absichtlichem Geräusch, um jedes weitere Gespräch zu hindern, Hanfkörner zu zerquetschen an, dem Distelfinken zum Frühstück. Ich hatte in meiner Verwirrung nach einem Buch gegriffen (ein Kochbuch war's, wenn ich nicht irre): dahinter wühlten meine Blicke sich schnell durch ein Rudel von tausend Gedanken hindurch. Reiß ich aus? Halt ich stand? Vielleicht wäre ersteres möglich gewesen, der beiden Männer hätt ich mich zur Not erwehrt; allein was half mir eine kurze Flucht? Und in der Tat, ich fühlte mich bereits durch die Notwendigkeit erleichtert, endlich ein offenes Geständnis abzulegen. Dessenungeachtet war mein Zustand fürchterlich. Nicht die Nähe meiner schmachvollen Verhaftung, nicht die Sorge, wie ich mich in einem so äußerst verwickelten Falle von allem Verdacht würde reinigen können – nein, einzig der Gedanke an Josephe war's, an Ännchen, was mich in diesen Augenblicken fast wahnsinnig machte, der unerträgliche Schmerz, dieses Mädchen, sie sei nun wer sie wolle, als die Verlobte eines andern zu denken, und eines Menschen zwar, welcher das schadenfrohe Werkzeug meiner Schmach, meines Verderbens werden sollte! Wußte *sie* etwa selbst um den verfluchten Plan? Unmöglich! doch für mein Gefühl, für meine Leidenschaft, indem ich sie mit dem verhaßten Kerl in eins zusammenwarf, war sie die schändlichste Verräterin. Liebe, Verachtung, Eifersucht goren im Aufruhr aller meiner Sinne dermaßen durcheinander, daß ich mich wirklich aufgelegt fühlte, das Mädchen mit eigener Hand aufzuopfern, den Kerker, welchem ich entgegenging, durch ein Verbrechen zu verdienen und so mein Leben zu verwirken, an welchem mir nichts mehr gelegen war.

Die Alte war inzwischen in die Kammer nebenan gegangen; soeben kam sie wieder heraus, zog die Türe still hinter sich zu und ging nach der Küche. Schnell, wie durch Eingebung getrieben, spring ich keck auf die Kammer zu und öffne ganz leise. Niemand ist da. Ich sehe eine zweite Tür, ich trete unhörbar über die Schwelle und bin durch einen Anblick überrascht, vor dem mein ganzes Herz wie Wachs zerschmilzt. Denn in dem engen, äußerst reinlichen Gemach, das ich mit einmal überblickte, lag die Schöne an ihrem Bett halbkniend hingesunken, die Arme auf den Stuhl gelegt, die Stirn auf beide Hände gedrückt, wie schlafend, ohne Bewußtsein; Gewand und Haare ungeordnet, so daß es schien, sie hatte kaum das Bett verlassen, als jene Nachricht sie betäubend überfiel.

Ich wagte nicht, die Unglückliche anzusprechen, ich fürchtete mich, ihr ins Gesicht zu sehn. Aber Sehnsucht und Jammer durchglühten mir innen die Brust, von selber streckte mein Arm sich aus, von selbst bewegten sich die Lippen – »Ännchen!« sagt ich – es war kein Rufen, es war nur ein Flüstern gewesen; dennoch im nämlichen Moment richtet die Schlummernde den Kopf empor; sie schaut, noch halb im Traum, nach mir herüber, der ich bewegungslos dastehe; nun aber, wie durch Engelshand im innersten erweckt, steht sie auf ihren Füßen, schwankt – und liegt an meinem Halse.

So standen wir noch immer fest umschlungen, als es im Hofe laut und lauter zu werden begann. Tosende Stimmen durcheinander, ein Eilen und ein Rennen hin und her – das alles hörte ich und hörte nichts von allem. Jetzt kommt man heran durch die Zimmer, jetzt reißen sie die letzte Tür auf – ein allgemeiner Ausruf des Erstaunens! Das Mädchen wie in Todesangst drückt mich gewaltsamer an sich, dann sinkt sie erschaudernd plötzlich zusammen und fremde Hände fassen die Ohnmächtige auf. Vor meinen Augen wird es Nacht; ich fühle mich unsanft hüben und drüben beim Arme ergriffen und wie im Sturm hinweggeführt nach einem finstern Gange, dann abwärts einige Stufen, wo eine Tür sich öffnet und alsbald donnernd hinter mir zuschlägt.

Ich hatte mich in kurzer Zeit wieder gesammelt. Es war ein förmliches Gefängnis, worin ich mich nunmehr befand, dunkel und moderfeucht und kalt. Die Sichel, von dem Regen angeschwollen, brauste wild in die Tiefe. Ich überdachte meine Lage schnell. So schrecklich sie auch schien, sie konnte doch unmöglich lange dauern. Und was mich über alles tröstete, fürwahr ich brauchte das nicht weit in Gedanken zu suchen. Denn wenn es mir auch anfangs nur wie eine dämmernde Erinnerung vorschwebte, daß ich das geliebteste Mädchen vor wenig Augenblicken noch an diese Brust gedrückt, so gab ein nie gefühltes Feuer, das mir noch Mark und Bein heimlich durchzuckte, das seligste Zeugnis, daß dieses Wunder nicht ein eitles Blendwerk gewesen sein könne; ein Übermaß von Hoffnung und Entzücken riß mich vom Boden auf und machte mich laut jauchzen.

Bald aber, da Stunde um Stunde verging und es schon weit über Mittag geworden war, ohne daß sich ein Mensch um mich bekümmerte, stellten sich Ungeduld, Zweifel und Sorge allmählich bei mir ein. Für meinen Hunger hatte man zwar durch ein Stück schwarzes Brot, das ich nebst einem Wasserkrug in der Mauer entdeckte, hinreichend gesorgt, und ich verzehrte es mit großer Gier; doch eben diese reichliche Vorsorge ließ befürchten, daß ich für heute wenigstens aus diesem Loche nicht loskommen würde, daß ich vielleicht die Nacht hier zuzubringen hätte. Ich leugne nicht, mir war diese Aussicht entsetzlich. Denn, hatte nicht vielleicht jene verruchte Irmel in ebendiesen Mauern ihr blutiges Ende genommen? Wie, wenn es ihr einfiele, diese Nacht ihr altes Quartier einmal wiederzusehen? Es rieselte mir kalt den Rücken hinunter bei solchen Gedanken. Dabei wird man begreifen, daß es mir unter diesen Umständen keine sehr angenehme Diversion gewährte, der Frechheit zweier Ratten zuzusehen, welche sich auf den Rest meines Mittagmahls bei mir zu Gaste luden.

Es schlug drei auf dem Schloß; ich wollte fast vergehen. Auf einmal aber rasselten die Riegel. Der Schloßvogt öffnete, Verwirrung und Verlegenheit im Blick. »Der gnädig' Herr ist angekommen; er schickt mich, Euch zu holen.«

Ich folgte dem Vogt nach der vordern Hausflur, wo er mich warten hieß. Zu meinem Ärger standen hier verschiedene gemeine Leute herum, die sich ihrem Gebieter zu präsentieren wünschten, der Pächter samt dem Schäfer und dergleichen. Sie gafften mich wie einen armen Sünder an und zischelten einander in die Ohren; ich machte aber ein Gesicht wie ein Pandurenoberst und kehrte ihnen dann den Rücken zu.

Es dauerte nicht lang, so kam, gestiefelt und gespornt, vom Stalle her ein kleiner, blasser, ältlicher Herr mit großen blauen Augen, in Begleitung einer schneeweißen Dogge, durch deren gewaltige Größe die kurze Gestalt ihres Herrn nur desto auffallender wurde. Er sah mich im Vorbeigehn scharf so von der Seite an, sprach mit den andern ein paar gütige Worte, ließ abermals den Blick auf mich herübergleiten und war schon im Begriff die Leute zu entlassen. In diesem Augenblick gewahrte ich den jungen Mann, der sich am Morgen mit so vielem Eifer meiner Person hatte versichern wollen und den man mir als Ännchens Bräutigam bezeichnet – Aber wo nehm ich Worte her, um mein Erstaunen, mein Entsetzen auszudrücken, als ich beim zweiten Blick meinen Juden in ihm erkannte! – – Unfühlend, wo ich stand, und des Respekts vergessend, den ich der Gegenwart des gnädigen Herrn schuldig war, warf ich mich auf den Burschen mit einer Wut, mit einer Schnelligkeit, wie kaum ein Tiger sich auf seine sichere Beute stürzt. »Vermaledeiter Dieb! so hab ich dich!« und packt ihn kräftig bei der Kehle. Eine Totenstille entstand. Entsetzen hielt das Gesindel gebannt. Der alte Herr sah unwillig verlegen zu dem Auftritt, und einem allgemeinen Murren folgte unmittelbar der wildeste Tumult. Man wollte mir mit Gewalt meinen Feind entreißen, von dessen Gurgel meine Hand nicht loszubringen war, und hätten sie mich in Stücke zerrissen. Die kreischende Stimme des Freiherrn allein war imstande, mich zur Vernunft zurückzubringen. In kurzem ward es ruhig.

»Faßt Euch, Herr Peter!« sagte der Patron zu meinem Gegenpart, der mich erhitzt und keuchend mit weinerlichem Lachen angrinste

– »ich hoffe, dieser allzu rasche Jüngling wird Euch seinerzeit den gröbsten Irrtum abzubitten haben; indes, Herr Schulzensohn, seid Ihr einmal entschieden angeklagt und werdet Euch gefallen lassen, inmitten dieser Leute hier Euch zu gedulden, bis ich mit jenem fertig bin.«

Der Schloßvogt führte mich nun auf Befehl des Herrn hinauf in den Saal, wo er mich alsbald wieder verließ. Ich hatte vor lauter Erwartung kaum einige Aufmerksamkeit auf das, was hier mich umgab. Uralte, gewirkte Tapeten mit abenteuerlichen Schildereien, zwei lange Reihen von Porträts bedeckten die Wände; ein ungeheures Fenster umfaßte die prächtigste Aussicht. Mir wurde die Zeit unsäglich lang. Endlich ging eine Flügeltür auf und Herr Marcell von Rochen trat herein, in feierlicher, sonderbarer Tracht. Er war in Reitstiefeln so wie vorher; sein übriger Einband jedoch erinnerte mich auf der Stelle frappant an mein Schatzkästlein. Er hatte ein schwarzseiden Mäntelchen an, darunter ein geschlitztes, spanisches Wams von meergrüner Farbe hervorstach. Sein grauer Knebelbart rieb sich an einem steifen Ringelkragen, welcher wie Pergament aussah. Wenn sich der Mann von ungefähr umdrehte, so war etwas Erkleckliches von einem Höcker zu gewahren, ein Merkmal, das gedachter Ähnlichkeit auf keine Weise Abbruch tat. Nichtsdestoweniger hatte sein ganzes Wesen etwas Ehrwürdiges, Unwiderstehliches für mich.

Er nahm nunmehr mit Anstand Platz und sprach. »Ihr seid Franz Arbogast aus Egloffsbronn, Goldschmiedsgesell bei Meister Orlt in Achfurth?«

»So ist es, Ew. Gnaden!« versetzte ich mit großer Zuversicht, und erzählte sofort auf Verlangen die ganze unglückselige Historie ausführlich und gewissenhaft, wobei er sehr aufmerksam zuhörte. Am Ende zog er die Klingel und ließ mein Felleisen bringen. Hierauf begehrte der Freiherr das Büchlein zu sehen, das eine so wichtige Rolle in meiner Geschichte gespielt. Ich überreichte ihm das unschätzbare Werklein ungesäumt, das er mit einem ganz erheiterten Gesicht, ja mit unverkennbarer Rührung, wie eine wohlbekannte Reliquie empfing. »Meiner Schwester Hand, bei Gott!« rief er halblaut, blätterte lang und schmunzelte dazwischen, sah mich dann wieder ernsthaft an, ging auf und ab, mit allen Zeichen stiller, nachdenklicher Verwunderung. Nun trat er auf mich zu, und sagte: »Also just vierhundert Dukaten betrüge die Summe, die Ihr verloren?«

»Gerade soviel, Ew. Gnaden.«

»Und davon hättet Ihr nicht das geringste übrigbehalten? Besinnt Euch ja wohl!«

Auf einmal fiel mir ein, daß ja noch ein Goldstück im Wagen gewesen und daß ich dieses in der Not bei der Zeche zu Rösheim auswechseln lassen. Ich bekannte aufrichtig wie alles gegangen.

»Da habt Ihr sehr übelgetan!« versetzte der Freiherr bedenklich, mit kaum merkbarer Schalkheit. »So geht es, wenn ein Osterjüngling nicht genau nach seinem Katechismo lebt. Ihr werdet Euch des trefflichen Spruches erinnern, worinnen gesagt ist, daß man sich fremden Eigentums unter keinerlei Umständen anmaßen möge. Genug, Ihr habt den Lockvogel hinausgelassen, mit dessen Hilfe Ihr die ganze goldne Schar gar leichtlich wieder in Eure Hand würdet bekommen haben.«

»O Gott! ich Unglückseliger!« rief ich verzweifelnd aus und schlug mich vor die Stirne.

»Geduld, Geduld, Gesell!« sagte der alte Herr, »noch ist nicht alles verloren. Laßt Euch den Fehler für die Zukunft zu einer Warnung dienen; indes« – hier griff er in die Tasche und zog zu meinem freudigsten Erstaunen den Dukaten hervor, den er mir lächelnd mit den Worten reichte: »Er kann nun freilich die erwünschte Wirkung nicht mehr tun, der Zeitpunkt ist versäumt; dessenungeachtet werdet Ihr vor Cyprian Eure 399 wiederhaben, da es Euch denn doch angenehm sein dürfte, auch den Vierhundertsten gleich draufzulegen. Er fand sich noch zum Glück in den Zähnen des goldenen Löwen.«

Mit Tränen küßte ich die Hände des Patrons und wußte meinem Danke keine Worte. Der unvergleichliche Mann fuhr nun fort:

»Franz Arbogast, Ihr seid von nun an frei, und die Gerechtigkeit gibt Euch hiemit durch meinen Mund und kraft dieses Papiers, bis auf ein weiteres, Euren ehrlichen Namen zurück. Marcell von Rochen hat Bürgschaft für Euch geleistet; ich sprach Euren wackeren Meister noch kürzlich in Achfurth. Er läßt Euch freundlichst grüßen. Auch mußte er mir das Versprechen geben, daß er die Arbeit, derenwegen Ihr nach Frankfurt reisen solltet, in keines andern Hände legen wolle. Es hat noch Zeit damit, und auf mein Wort bleibt Ihr nur vorderhand getrosten Muts hier auf dem Schlosse. Josephe wird schon sorgen, daß Ihr uns nicht entlauft; denn noch erwartet Euch ein wichtiges Geschäft. Ich kann für heute nicht bleiben, in wenig Tagen sehen wir uns wieder. Bevor ich aber scheide, nehmt meinen besten Segen für Euch und für Josephen. Gewiß, mein Freund, Euch ist nach mancher Prüfung ein selten Glück beschieden: was man dagegen von Euch fordern wird, das sollt Ihr seinerzeit von Eurer Braut vernehmen. Indes gehabt Euch wohl!« Hiemit entfernte er sich in ein Seitenzimmer, eh ich ihm nochmals hatte danken können.

Ich blieb in einer Art von freudiger Betäubung noch eine ganze Weile auf *einem* Flecke stehn, halb in Erwartung, ob mein Wohltäter nicht noch einmal heraustrete. Als ich den Saal endlich verließ und die Treppe herabkam, stand der Freiherr bereits in seinen ordentlichen Kleidern unterm Tor und stieg soeben zu Pferde. Er winkte mir im Wegreiten noch ein Adieu zurück. Der Schloßvogt mußte ihn den Berg hinab, dem Dorfe zu, begleiten. Ein junger flinker Jäger, der hinterdreinritt, gab mir durch lustige Gebärden zu verstehn, daß man »den Juden« schon vorausgeführt habe. In Gottes Namen! dachte ich und eilte in die Stube und auf Ännchen zu, die mir entgegenflog.

Die Trunkenheit der nächsten Stunden zu beschreiben, soll mir billig erlassen sein.

Josephe – so will ich sie immerhin nennen, denn dieser Name war ihr ganz eigen geworden – Josephe zog mich an ein Tischchen, auf dem ein appetitliches Abendbrot, mit frischen Herbstblumen geziert, mein wartete. Ich hatte hundert Fragen an das Mädchen, doch meine Ungeduld sprang immer nur von einer zu der andern, dergestalt, daß ich am Ende sowenig wie vorher von allem begriff. Die seligste Konfusion von gegenseitigen Erklärungen, von Tränen, Scherzen, Küssen löste sich zuletzt in das Geständnis auf: man wolle jetzt nichts wissen und nichts fassen, als daß man sich wiederbesitze, daß man sich ewig so umschlungen halten würde.

Frau Base schien in großer Not, wie sie dem glücklichen Paar ihre Teilnahme ausdrücken sollte. Sie hatte in der Tat, wie ich nachher erfuhr, nicht das beste Gewissen. Denn wenn Josephe gestern, im Sinne mich zu prüfen, auf zweideutige Weise etwas von einem Bräutigam verlauten ließ, so hing dies bei der Alten ganz anders zusammen. Gedachter Schulzensohn, ein angehender Wirt, filzig und reich, doch sonst ein guter Christ, hoffte an diesem Mädchen eine tüchtige Hausfrau für sich zu erwerben und betrieb seine Absicht um so ernstlicher, da nicht verschwiegen blieb, daß sie von der seligen Freifrau von Rochen – auf welche merkwürdige Dame wir näher zurückkommen werden – mit einem Vermächtnis bedacht worden war, dessen Eröffnung bis auf ihre Hochzeit ausgesetzt sein sollte, und wovon, in Betracht, wieviel sie bei gnädiger Herrschaft gegolten, sehr übertriebene Vermutungen bestanden. Josephe, die den Menschen nicht entfernt ausstehen konnte, war überdies, durch manchen geheimnisvollen Wink ihrer verblichenen Beschützerin geleitet, mit Sinn und Herzen immerfort nur auf die Zeit gespannt, wo der Goldschmiedsgeselle von Achfurth anrücken würde. Die Base aber, insoweit auch sie in das Geheimnis eingeweiht war, hatte, als eingefleischtes Weltkind, noch nie so recht daran geglaubt und konnte endlich eine kleine Kuppelei nicht lassen. Doch ihre Künste scheiterten an der Beharrlichkeit des braven Kindes, und der gekränkte Freier blieb einige Zeit aus. Am letzten Sonntag kam er wieder, sein Heil noch einmal zu versuchen. Allein wie sehr war er erstaunt, als er noch außerhalb des Hofraumes wahrnehmen mußte, wie sich das Jüngferchen mit einem fremden Gesellen, dessen Person er sich von der Gramsener Botenfahrt her sogleich erinnerte, gar traulich vor dem Schlößchen hin und her spazierend, behagte. Er hatte auf der Stelle weg, wo das hinauszielte, zumal er an demselben Nachmittag in Jünneda mit der Gevatterschaft vom Schloß zusammengetroffen, und ihm die Ängstlichkeit, womit die Base ihn für dieses Mal von einem Besuche bei Sephchen abhalten wollte, bereits verdächtig vorgekommen war. Ganz stille schlich er sich den Berg wieder hinab und sann auf Rache. In kurzem trat auch wirklich ein ganz vertrackter Zufall ein, völlig dazu gemacht, mich mit einem Schlag in die Lüfte zu sprengen.

Herr Peter hatte nämlich in folgender Nacht einige Reisende beherbergt, Handelsherren, die mit anbrechendem Tage weiter wollten. Der Wirt war aufgestanden; er reichte ihnen zwischen dem Frühstück gefällig die neueste Zeitung, und einer trug daraus das Merkwürdigste vor, unter anderm einen ellenlangen Steckbrief, der viel Aufsehen erregte. Der Wirt geht eben durch das Zimmer, steht still und spitzt die Ohren; er ist von dem Signalement frappiert, er liest mit eigenen Augen, wird plötzlich Feuer und Flamme und rennt mit dem Blatte davon – zum Schulzen, seinem Vater. Der, weil er eben unpaß ist, überträgt die Sache dem Sohn, auf den er sich verlassen kann. In weniger als einer halben Stunde war meine Aufhebung erfolgt. – Daß ich nachher denselben Menschen, welcher mit solcher Zuversicht die Schergen wider *mich* aufbot, noch immer

als den Dieb ansehen und behandeln konnte, war freilich eine Un-
besonnenheit, die nur der blinde Drang des Augenblicks verzeihlich
machte. Ich meinerseits indessen war nicht einmal geneigt, mir den
Irrtum so sehr zu Herzen zu nehmen, besonders da ich gar wohl
merkte, daß unser guter Schatzkästleinspatron, welcher von vorn-
herein der Sache auf den Grund gesehen, dem schadenfrohen Kauzen eine vorübergehende Demütigung – er saß zwei ganze Tage zur
Untersuchung im Arrest – absichtlich nicht ersparen wollte. –

Josephe schlug noch einen Gang ins Freie vor; der Abend war so
schön, die Luft außerordentlich milde.

Indem wir nun allein so Hand in Hand entlang dem Ackerfeld,
am Rand des Bergs hinwandelten, war mir's noch immer wie ein
Märchen, daß ich das schönste liebste Mädchen von der Welt als
meine ausgemachte Braut besitzen sollte und daß dieselbe zwar
nach Leib und Seele mein altes Schätzlein aus der Melbergasse hinterm Krahnen sei! – – »So sag mir denn, ums Himmels willen«, hob
ich an, »wie bist du von den Toten auferstanden?«

»Mir kam es wahrlich selber vor«, versetzte sie, »als ging' es nicht
mit rechten Dingen zu, da ich eines Morgens die Augen aufschlug
und mich in einem fremden Zimmer, wo alles gar vornehm und
lieblich aussah, in einem feinen seidenen Bettchen zum ersten Male
wiederfand. Es war ein wenig dunkel in dem Zimmer, die Laden
waren zu, die Vorhänge herabgelassen. Nach einer Weile kam eine
ältliche Dame herein; sie war mir gleich bekannt, so ein sanftes und
liebreiches Witwengesicht hatt ich schon sonst einmal gesehen. Du
mußt dich noch erinnern, zu Egloffsbronn, vor dem Brückentor,
gegen die Landstraße hin, steht einzeln ein freundliches Haus zwischen Gärten –«

»Ganz recht! Es liefen immer ein paar prächtige Pfauen im Hofe
herum, die wir oft halbe Stunden lang durch die Staketen beguck-
ten –«

»Ja, und da rief uns eines Tags eine vornehme Frau in das Haus,
befrug uns über dies und das, und schenkte jedem einen neuen
Zwanziger. Wir kamen nachher noch einigemal, doch leider war die
gute Frau nie mehr zu sehen. Nun aber kannte ich sie sogleich wieder. Sie setzte sich zu mir ans Bett, erkundigte sich nach meinem
Befinden und reichte mir köstliche Bissen zur Stärkung. Dann trat

Frau Lichtlein ins Gemach und gleich darauf ein schönes Frauenzimmer, das mich mit Schmeichelworten und Liebkosungen überhäufte und fast nur allzu lebhaft war. Man nannte sie Josephe, zur ältern Dame sagte sie Tante Sophie. Sie zeigte mir ein schönes Kleid, das sollte ich anziehen sobald ich wieder aufstehn dürfte. Meine Frage, ob ich zu Egloffsbronn wäre, bejahte man mir, und als ich weiterforschte, ob ich denn wieder zu meinen Pflegeeltern müßte, hieß es: nein, die Tante nehme mich mit auf ihr Gut, wenn ich wollte. ›Ach ja‹, sagt ich, ›wenn der Goldschmied-Franz auch mitgeht.‹ ›Der kommt dir nach!‹ versetzte das Fräulein und lachte.

Kaum war ich völlig wiederhergestellt und wohl in meiner neugewachsenen Haut, so putzte mich das Fräulein so artig heraus, daß ich mich kaum mehr kannte; sie flocht mir mit eigener Hand meine Zöpfe, sie stellte Puppen und allerlei Spielwerk vor mich und ging dabei selber mit mir nur wie mit einer neuen Puppe um. ›Hören Sie, Tantchen!‹ rief sie der gnädigen Frau einmal zu, ›ich habe Lust, einen Vertrag mit Ihnen abzuschließen: hiermit verspreche ich, Ihnen nicht nur den kommenden Monat, wie wir ausgemacht haben, sondern ein ganzes Jahr auf Ihrem verrufenen Schlößchen Gesellschaft zu leisten, mit dem Beding, daß ich das Kind nach meinem Sinn erziehen und mir es ganz aneignen darf.‹

›Schon gut‹, war die Antwort, ›wir wollen sehen, wie lang das dauern wird.‹

Am Abend fuhr ein Wagen an und kam ein kleiner munterer Herr in Reisekleidern herauf, welchen die beiden Frauen mit vieler Zärtlichkeit empfingen. Es war der Herr vom Hause, ein Bruder jener Dame, die, so wie die Nichte, sich nur gastweise bei ihm, der eben Witwer war, aufhielt. Das Fräulein präsentierte mich dem Oheim, der sogleich herzlich zu lachen anfing: ›Ich wollte wetten, Schwester‹, rief er aus, ›das ist nun wieder eins von deinen Auserwählten, ein Osterlämmchen, eine Friedensbraut nach deinem heimlichen Kalender. Ja ja, Frau Irmel mag sich freuen: die große Stunde der Erlösung muß nun allernächstens schlagen. Ich hoffe doch, die Gräfin wird so höflich sein, mir mindestens ein Dritteil ihres Mammons zuzuscheiden.‹

›Du wirst‹, versetzte Frau Sophie lächelnd mit einem sanften Vorwurf, ›du wirst, Marcell, noch einst ganz anders von diesen Dingen reden.‹

So stritten sie und scherzten noch vieles hin und her, wovon ich nichts weiter verstand.

An einem heitern Wintermorgen reisten die beiden Frauen mit mir ab. Es war das erstemal in meinem Leben, daß ich in einer Kutsche fuhr; ich war vor Lust ganz außer mir. Den zweiten Tag erreichten wir das Schlößchen. Nun ging ein Leben wie im Himmel für mich an. Es war, als wäre ich nur für Josephen da; sie gab sich ganze Tage mit mir ab, und da ich sogar ihren Namen führen mußte, schien ich mir selber wie verwandelt und eine ganz neue Person. Nun sollte ich gleich tausenderlei Sachen auf einmal von dem Fräulein lernen; selbst auf der Harfe nahm ich Unterricht bei ihr. Es fand sich nämlich so ein altes Ding von Instrument aus den früheren Zeiten der Tante. Das Fräulein sagte oft: es sei die Irmels-Harpfe; ich wußte damals nicht was mit dem Scherz gemeint war, welchen die Tante jedesmal und endlich sehr ernsthaft verwies. Wir trieben unser Wesen so drei Monate zusammen, als meine junge Gönnerin zu meinem größten Kummer von den Verwandten nach der Hauptstadt abgerufen wurde. Die Tante konnte den Wildfang wohl missen, und späterhin gestand sie mir geradezu, es hätte in der Art, wie ihre Nichte mich behandelt, unmöglich fortgehn können; der Stand, in den ich künftig treten würde, verlange nicht etwa so ein verwöhntes Modepüppchen, wohl aber eine wackere Hauswirtin. Doch war es niemand weniger gegeben, mit Kindern umzugehen, als eben dieser guten, von mir so hochverehrten Frau; ich machte ihr nur Langeweile, störte und ärgerte sie. So mußte ich mich denn fast einzig zu des Hausschneiders halten, und war froh, daß ich nur jemand hatte, zu dem ich einmal wieder, wie einst in Egloffsbronn, Vetter und Base sagen durfte. Dies wurde gegenseitig so sehr zur Gewohnheit, daß jedermann uns für Verwandte hielt.«

Indem nun meine Braut – so fuhr der Hofrat zu erzählen fort – mich mit den Eigenheiten ihrer seligen Wohltäterin näher bekannt machte, bedauerte ich aufrichtig, diese Edle nicht mehr am Leben zu wissen: ihr hatte ich mein Schatzkästlein, ach und noch weit mehr zu verdanken. Aber – mit diesen Worten wandte sich Herr Arbogast an eine ganz besonders aufmerksam zuhörende bejahrte Dame – Sie, Frau Majorin, bringen ja den Mund nicht mehr zusammen, seit ich von Frau Sophien rede! Am Ende haben Sie die Baronesse selbst gekannt?

»Gewiß! gewiß hab ich! Leibhaftig steht sie wieder vor mir, wie ich sie vor vierzig und mehr Jahren in meiner Jugend sah.« »Was ist das?« brummte hier ein treuherziger Schweizer, der während der Erzählung einigemal sehr merklich eingenickt war: Bi Gott, ich dacht, das alles si halt numme so ne Fabel g'si, jetzt chümmt es doch anderster usi! Hätt ich das eh gwüßt, hätt es mich bi miner Ehr nit g'schläferet!«

Auf dies Bekenntnis folgte ein allgemeines, unauslöschliches Gelächter. Der Hofrat endlich nahm das Wort und bat gedachte Dame um eine Schilderung der Frau von Rochen: ein solches Zeugnis, sagte er, wird für meinen Kredit als Erzähler entscheiden.

Die angenehme Frau ließ sich nicht lange bitten. »Von allen Gliedern der Familie«, fing sie an, »war Sophie die letzte, welche dem alten Rittersitz die Ehre ihrer persönlichen Gegenwart schenkte, indem sie den verstorbenen Gemahl, Anselm von Rochen, gern am Ort wo er begraben lag betrauern wollte. Ich sah sie dort mehrmals mit meiner Mutter, und hörte auch später noch manches von ihr. Ohne gerade menschenscheu zu sein, liebte sie Einsamkeit und Stille über alles, selbst ihre Kammerfrau verweilte nur wenige Stunden des Tags in ihrer unmittelbaren Nähe, und nicht über viermal im Jahre, an hohen Festen etwa, kam sie ins Dorf herab. Dagegen ward sie auch von groß und klein als eine Heilige verehrt, wenn nun die schlanke feingebaute Gestalt mit der ihr eigenen Freundlichkeit und, bei einem Alter von bald siebenzig Jahren, mit beinah jungfräulichem Anstand in der Kirche den gewohnten Platz einnahm und aus dem offenen erhöhten Gitterstuhl ihre Untertanen durch ein Lächeln begrüßte, nach angehörter Predigt aber die Kranken und die Armen als freigebige Trösterin in ihren Häusern besuchte.

Dem klösterlichen Leben, das Sophie im Innern ihrer prunklosen Gemächer führte, entsprachen denn auch ihre Lieblingsbeschäftigungen ganz und gar. Von Jugend an zu einer bewundernswürdigen Kunstfertigkeit in feiner bunter Stickerei geübt, war sie bei völlig ungeschwächten Sinnen noch immerfort imstande, dergleichen Arbeiten, wozu sie sich ehemals die reichsten Muster kommen ließ, mit gleicher Sorgfalt fortzusetzen; sie wiederholte unermüdet ihre alten Zeichnungen, um mit solchen Prachtstücken, an denen Gold und Silber glänzte, von Zeit zu Zeit die Ihrigen zu überraschen, ganz unbekümmert freilich um den Geschmack des Tags.

Bedeutend aber war ihr Ansehn bei der Familie dadurch, daß sie die Gabe der Weissagung in hohem Grade besessen haben soll; besonders wollte sie es jedem gleich ansehen, ob er Sinn und Beruf für übersinnliche Dinge besitze. Auch stand sie allezeit mit einer Anzahl Geistlichen in Briefwechsel und wußte sich – zu einem Zweck, den weiter niemand kannte, worüber wir jetzt freilich ganz im klaren sind – von den Verhältnissen aller möglichen Menschen, von Zeit und Stunde ihrer Geburt und dergleichen genaue Kenntnis zu verschaffen. In ihrer eigenen Verwandtschaft fand sie den unbedingtesten Glauben, obschon sie gerade hier am sparsamsten mit ihren Eröffnungen war. Bruder Marcell allein wagte es, den hartnäckigen Zweifler, sogar gelegentlich den Spötter gegen sie zu spielen, dessenungeachtet ist er doch ihr Liebling immer geblieben. Nach ihrem Tode mag er sich wohl bekehrt haben, ja wie es scheint verschmähte er nicht, Sophiens mystische Hausfarbe, Grün, Schwarz und Weiß, zu Ehren der Schwester bei feierlichen Anlässen zu tragen.

Nun aber ist leicht zu vermuten, daß unserer guten Nonne das kleinste Verdienst dabei blieb, wenn unter ihrem frommen Regiment die Gutsökonomie, die gar nicht unbeträchtlich war, dennoch durchaus zum Vorteil der Besitzer aufrechterhalten wurde. Sie nahm von ihrem samtnen Armstuhl aus sehr regelmäßig Anteil an den vorkommenden Geschäften; sie hörte an bestimmten Tagen den Verwalter an, durchsah als eine gute Rechnerin die Bücher mit der Feder in der Hand, ermahnte die Dienstboten und übte mitunter auch wohl ein klein wenig die Kunst, unterrichtet zu scheinen, wo sie es nicht war. Jedoch verstand es sich bei männiglich von selbst, daß alles in der Wirtschaft hätte drunter und drüber gehn müssen ohne die Einsicht und Treue eines Verwalters, der wirklich seinesgleichen suchte. Der gute Mann nahm aber unvermutet seinen Abschied, die Güter wurden verpachtet, und die edle Matrone, den Bitten ihres Bruders jetzt nicht länger widerstrebend, entsagte diesem Aufenthalt und ließ es sich gefallen, den späten Abend ihres Lebens im Schoße der Familie zuzubringen.

Dies wäre nun alles, was ich zugunsten der Wahrhaftigkeit des Herrn Erzählers vorzubringen hatte.«

Nachdem sich die Versammlung für diese interessanten Nachrichten aufs schönste bedankt, sprach unser Hofrat weiter: Ich werde mich nunmehr zum Schluß so kurz wie möglich fassen.

Josephens Konfirmation war in der Dorfkirche vollzogen worden. Die Nachfeier des Tages aber fand in aller Stille auf dem Schlößchen statt. Am Abend nahm Sophie das Mädchen bei der Hand und führte sie nach einem Gemache im untern Stock, zu dem niemand, sogar der Vogt nicht, Zutritt hatte. Sephchen erblickte nun hier eine vollständige Goldschmiedswerkstatt, ganz neu und sauber eingerichtet. »Mein Kind!« sagte die edle Frau: »sieh an, das ist für deinen Franz, hier führst du ihn herein, wenn er mal kommen wird; hier muß dein Liebster sein Meisterstück machen. Ist das geschehn, so findet sich das übrige von selbst. Der Werkzeug bleibt sein Eigentum; er nimmt ihn mit gen Achfurth, wo ihr euch niederlassen sollt. Und dann gedenket mein und habt einander lieb in Gottesfurcht und Frieden.« – Zugleich bekam Josephe ein ähnliches Büchlein wie ich, obgleich sie nach Geburt und Rang nur ein Sonntagskind war. Die Werkstatt wurde nun wieder geschlossen, und ich war in der Tat der erste, dem sie sich nach vier Jahren wieder öffnete. Josephen war der Schlüssel durch Herrn Marcell bei seiner neulichen Anwesenheit behändigt worden. Ich hatte nur zu staunen und zu preisen, als ich mit meiner Braut von diesen Sachen Einsicht nahm; da war auch nicht das geringste vergessen, vom großen Ofen bis zum unbedeutendsten Lötrohr herab, und Stück für Stück untadelhafte Ware, so rein und einladend, daß einem gleich der Mund nach der Arbeit zu wässern anfing. Auf meine Frage, was denn wohl zunächst hier mein Geschäft sein würde, gab mir Josephe nur ganz verblümten Bescheid, indem sie mich auf Herrn von Rochens Wiederkunft verwies; allein ich hatte längst gewittert, was da werden sollte, und war gefaßt auf alles, obwohl ich gar nicht leugnen will, daß mir etwas unheimlich wurde, als mir das Mädchen bald hernach zwei sonderbar gestrickte Schärpen zeigte, worauf gewisse Chiffern und Figuren von grüner, schwarzer, weißer Farbe sich durchschlangen. »Wozu soll das, Josephe?« fragte ich.

»Die eine für dich, die andere für mich«, antwortete das Mädchen mit geheimnisvollem Lächeln, »wir tragen sie auf *eine* Nacht.«

»Aber wozu, um Gottes willen?«

Sie legte ihren Finger auf den Mund: »Für jetzt nicht weiter, Franz; du bist ein Mann, und da wo ich mich hin getraue, wirst du dich hoffentlich nicht scheuen.« – So kamen wir stillschweigend überein, daß vorderhand nicht mehr die Rede davon sein solle.

Der nächste schöne Morgen reizte uns zu einem kleinen Ausflug in die Gegend. Wir hatten uns noch unzählige Dinge zu sagen. Unter anderem wollte ich wissen, warum sie sich mir denn nicht gleich am ersten Abend, als ich kam, entdeckte? ja wie sie es nur übers Herz bringen können, den ganzen folgenden Tag so grausam Komödie mit mir zu spielen? – »So? meint der Herr«, entgegnete sie, »man hätte nicht auch Lust gehabt, ihm etwas auf den Zahn zu fühlen? Im ganzen habe ich mir freilich all die Jahre her nie eigentliche Sorge wegen deiner gemacht. Besonders hielt ich mich an das, was wir gelegentlich durch Reisende erfuhren. So kam einmal der Vetter, als eben Kirmes war zu Jünneda, mit einem lustigen Messerschmied an *einen* Tisch im Rößlein zu sitzen, der war nicht weit von hier zu Haus, kam erst von Achfurth her und wußte gar manches von dir; darunter war mir denn das wichtigste und angenehmste, daß sie dich dort den kalten Michel hießen. Die Base wollte dies nicht eben tröstlich für mich finden, ich aber sagte gleich, bei mir wird er schon auftauen. Nun mußt du aber wissen, Freund, ausdrücklich hatte Frau Sophie mir gesagt, du müßtest mich bei unserm Wiedersehn von selbst erkennen: dies sei die erste Probe, wie tief dir Ännchen noch im Herzen sitze. Und daß ich's nur gestehe, mir wollte schon anfangen bange werden, weil du so gar vernagelt warst; ja meinen Ohren traute ich kaum, als mir der Mensch anfing, von seinen Liebschaften da vorzuprahlen! Sieh, hätt ich mir nicht alle diese Faxen so ziemlich zurechtlegen können, es wär ja wahrhaftig mein Tod gewesen! Etwas muß aber doch daran sein, dachte ich, so arg er auch aufschneidet, ganz leer ging es nicht ab, dafür soll er mir jetzt ein bißchen zappeln.«

Unter so fröhlichen Gesprächen waren wir, stets auf der flachen Höhe des Gebirgs fortschlendernd, bis an die gutsherrlichen Weinberge gekommen, Wir setzten uns auf eine kleine Mauer und blickten, über die Rebstöcke weg, hinunter in den sogenannten Schelmengrund. Die Gegend fiel mir auf, ja ich war ganz verblüfft – denn auf und nieder war ja hier das Tälchen wieder, das ich in jener Nacht gesehen, wo es vom Herbstvergnügen der Waidefeger widerhallte! Wie sonderbar! Alles traf zu, die Eiche abgerechnet, von welcher nichts zu sehen war. Ich säumte nicht, die Sache gleich Josephen zu erzählen, die sich höchlich darüber vernahm. Zwar hielt auch sie den Spuk in jener Rumpelkammer für einen bloßen Traum, den sie jedoch nichtsdestoweniger bedeutsam fand. Nachdem wir uns den Ort, und namentlich eine gewisse rundliche, mit Gras und Disteln überwachsene Vertiefung in der Erde zunächst am Mäuerchen, genau bemerkt, begaben wir uns, aller guten Hoffnung voll, nachdenklich auf den Rückweg.

Zu Hause ließ ich es mein erstes sein, die alte Karte mit dem Titelbildchen genauer zu betrachten. Die Ähnlichkeit war abermals nicht zu verkennen, obgleich sie sich bereits nicht mehr so ganz wie vorhin wollte finden lassen. – Während ich noch darüber nachdenke, reicht mir Josephe einen Brief: er sei in unserer Abwesenheit vom Dorf gebracht worden. Ich meinte Wunder was es wäre, das schlaue Mädchen aber sagte: »Gib acht, Herr Peter hat was auf dem Korn.« So war es in der Tat. Seiner gekränkten Ehre eingedenk, machte er Miene, mir einen Prozeß anzuhängen; soviel sich aus der ganz konfusen Schreibart absehen ließ, schien er jedoch nicht ungeneigt, bevor es dahin käme, Genugtuung, und zwar mit barem Gelde, privatim von mir anzunehmen. – Zu rechter Zeit erinnerte ich mich jenes stählernen Knopfs, womit der Schuft den Fuhrmann damals prellte. Ich schlug sogleich ein säuberlich Papier um das edle Schaustück und legte ein paar Zeilen bei, worin ich ihm andeutete, wie sehr man sich zuweilen irren könne, und daß ein Biedermann, der in der Eile einen glatten Knopf für einen Fünfzehner ausgab, es eben auch passieren lassen müsse, wenn ihn ein anderer einmal für einen Galgenvogel nahm. – Der Brief tat völlig die gehoffte Wirkung; Herr Peter zeigte ihn zwar keiner Seele, doch soll er sich geäußert haben, ich hätte ihm sehr anständig Abbitte getan.

Nun kämen wir an das letzte Kapitel in meiner Geschichte, von dem ich zwar versichern darf, daß es seine besondern Reize hat, allein ich habe die Geduld meiner verehrten Zuhörer längst über die Gebühr erprobt und so mag es für heute bewenden.

»Wie? was, Herr Hofrat?« riefen mehrere Stimmen – »jetzt fällt es Ihnen plötzlich ein, Punktum zu machen, jetzt, da es auf das Ziel losgeht? da alles voll Erwartung ist? Nein, nein, das geht nicht an, wir protestieren sämtlich!«

Der Hofrat aber rückte gelassen seinen Stuhl, und da man ihn schon kannte, so sprach ihm niemand weiter zu.

»Wann werden wir denn nun das Ende hören?« fragten einige Damen.

»O morgen abend, wenn Sie wollen.«

»Was? da haben wir ja Ball! Als wenn er das nicht wüßte!«

»Gut – also übermorgen.«

»Da reisen Sie ja ab!«

»Ich?«

»Freilich! Ihre Frau hat es uns selbst gesagt. Seht doch, den Schalk! Er wollte uns wahrhaftig den Rest ohne weiteres schuldig bleiben!«

»Nun« – war die Antwort – »daß ich's nur gestehe, ich pflege diesen Teil meiner Geschichte, der sich im wesentlichen übrigens von selbst ergibt, nie gerne zu erzählen.«

»Darf man wissen, warum?«

»Eine Grille.«

»Das scheint geheimnisvoll.«

»Ich glaube unsern Freund beinahe zu verstehn«, sagte Cornelie, eine geistvolle, höchst liebenswürdige Blondine: »und so sehr mich selber die Neugierde plagt, es will mir doch zugleich gefallen, daß von den geisterhaften Dingen, die wir ahnen, der letzte Schleier nicht hinweggenommen werde. Sie würden einem fast, deucht mich, zu wirklich und zu nahe, und wären wenigstens mit einer heitern Darstellung, wie diese noch im ganzen war, kaum zu vereinigen.«

»Ei was!« rief Oberst Mathey hier mit halb komischer Ungeduld: »was für Umstände! Wir müssen absolut jetzt irgendeinen Schluß, einen expressen Schluß bekommen, und wenn wir ihn uns selbst erzählen sollten.«

»Das möchte wohl so schwer nicht sein«, sagte Cornelie.

»Eh bien! ich nehme Sie beim Wort, mein schönes Kind! Geschwinde, geben Sie uns eine hübsche Skizze, damit sich unsere Imagination vor Schlafengehn beruhige.«

»Fürs erste«, fing Cornelie an, »wird Herr von Rochen, als ihm der merkwürdige Traum erzählt wurde, sogleich Anstalt zur Nachgrabung bei jenen Weinbergen getroffen haben. Gewiß geschah dies mit der größten Vorsicht, und zwar nicht anders als bei Nacht, teils um ein Aufsehn zu verhüten, teils weil der feierliche Gegenstand es so erforderte. Es war die Nacht vor Cyprian. Herr Marcell ermangelte nicht, bei Fackelschein in seiner Ostergalatracht zu Pferde den

kleinen Zug geziemend anzuführen. In dessen Mitte ging Herr Arbogast als Hauptperson, dann folgten ein halb Dutzend Arbeiter
mit brennenden Laternen, Spaten und Hacken wohl versehen. Diese
geheimnisvolle Prozession, die Ankunft auf dem Platze, die Tätig-
keit der Leute daselbst, wobei kein lautes Wort gesprochen werden
durfte, sodann die immer steigende Bewegung, da man nach einem
zweistündigen Graben endlich auf ein Gewölbe, zuletzt auf eine
schmale Treppe stößt, und nun der auserwählte Jüngling, die Fackel
in der Hand, sich zwischen Schutt und Trümmerwerk hindurchar-
beitend, ein enges Kellerchen betritt, wo er vor allen Dingen eine
kleine verrostete Kiste entdeckt, hierauf, nicht weit davon, Frau
Irmels unheilvolle Kette und endlich – o Entzücken! ein helles Häuf-
lein Gold, seine Dukaten! – fürwahr das sind köstliche Szenen, deren getreue Ausmalung sich allerdings verlohnen würde. Allein das
Wichtigste ist noch zurück. Der Irmelgeist, je näher die ersehnte
Stunde kam, verdoppelte, wie man leicht denken kann, sein Seufzen, seine Ungeduld. Auf alle Fälle mußte der edle Jüngling noch
um Mitternacht in seine Werkstatt gehn, die Kette herzustellen; ein
kitzliches Geschäft, wobei er jeden Augenblick besorgte, daß ihm
der Geist über die Schulter gucke, ob auch die Arbeit fördere. Das
Bräutchen war ihm hier der größte Trost; sie hielt ihm vermutlich
das Licht. Nachdem er fertig war, schickte das vielgetreue Paar sich
an, das Letzte und Bedenklichste selbander zu bestehen. Josephe
knüpfte sich und ihrem Liebsten die magische Leibbinde um, die
zwar nicht jede Gänsehaut verhüten, doch sonst vor bösen Einflüs-
sen bewahren konnte. So zog denn Bräutigam und Braut, die goldene Kette zwischen sich haltend, dem Sichelflusse zu, wo nun das
Kleinod unter stillen Segenssprüchen den Wellen übergeben ward.
Wie sich der Geist dabei benommen und wie Frau Irmels Danksa-
gung gelautet, muß freilich dahingestellt bleiben; genug daß sie zur
Ruhe kam. Begierig wäre ich, was in dem eisernen Kistchen gewesen, und fast noch mehr, was für niedliche Dinge das Waidfeger-
Volk in die Nischen und Ritzen des königlichen Schatzgewölbs
versteckt haben mochte. Zuverlässig fand man auch der Waidekö-
nigin ihr Krönlein darunter, das ich mir so geschmackvoll, so zier-
lich vorstelle, daß es Herrn Arbogast gleich als Modell zu seiner
größern Arbeit dienen konnte, von der die Welt behauptet, sie sei
ein Meisterstück der Kunst; wo aber eigentlich der Künstler die
unvergleichlichen, sonst nie gesehenen Formen dazu hernahm, hat

er den Leuten freilich nicht gesagt und kann auch billig unter uns bleiben.«

Der Hofrat lächelte und sprach: »Sie haben in der Tat, bis auf einige Kleinigkeiten, meine Geheimnisse so artig erraten, daß ich mich, ganz im Ernst, darüber wundern muß und kein Bedenken trage, hiemit meine Geschichte für geschlossen zu erklären.«

Sofort entspann sich unter den Zuhörern noch eine kleine Diskussion über Wahrheit und Dichtung in dem erzählten Abenteuer. »Vielleicht«, sagte einer der Herrn, ein Forstmeister, »Vielleicht bin ich imstande, gerade was die Hauptfrage betrifft, einiges Licht in den Zusammenhang zu bringen. Es hatten, ungefähr vor dreißig Jahren, wirklich Nachgrabungen bei jenem Schlößchen statt. Ein alter Förster meines Schwagers, der in der Nähe dort begütert ist, erzählte viel davon. Man fand einen langen, gewölbten, teilweise noch gut erhaltenen Gang. Er zog sich unterirdisch noch eine Strecke in den Wald hinein, wo er in eine wilde, fast unzugängliche Bergschlucht auslief. An seinem andern Ende, vermutlich in der Richtung nach der Burg, wo er etwa nur eingestürzt war, entdeckte man verschiedene, zum Teil kostbare Gegenstände, die schwerlich anders als durch Raub dahin gekommen sein konnten. Der berüchtigte Faligan, der sich bekanntlich im Spessart und im Odenwald lange umhertrieb und sein Leben in einem Gefecht mit streifenden Bauern durch einen Büchsenschuß verlor, soll an mehreren Orten solche geheime Niederlagen hinterlassen haben. Auch im gedachten Falle führten gewisse Spuren auf ihn zurück. Nun war er selbst zwar zu der Zeit, in die Herrn Arbogasts Beraubung fiele, schon längst tot, allein was hindert uns anzunehmen, daß in der Zwischenzeit ein ähnliches Genie das Loch entdeckt, den vorgefundenen Schatz auf gleiche Art vermehrt, und endlich auch Herrn Arbogasts Felleisen so glücklich operiert haben möge?«

Indes nun die Gesellschaft sich hierüber stritt, war der Hofrat still hinausgegangen, kam aber sehr bald wieder und sah sich rings im Saale um. Man fragte, was er suche. »Ich suche meine Frau!« versetzte er, »die ich schon längst im tiefsten Schlaf begraben glaubte. Ihr Bette ist noch unberührt!«

»Das sieht bedenklich aus!« sagte Cornelie, »wenn man sie Ihnen nur nicht entführte, Herr Hofrat! Sagt nicht Ihr Schatzkästlein etwas dergleichen?«

Eine bekannte, angenehme Stimme sprach hier auf einmal hinter dem Ofen hervor:

> »Jag nit darnach, mach kein Geschrei,
> Und allerdings fürsichtig sei.«

und sogleich trat zu allgemeinem Jubel Madam Arbogast aus ihrem dunkeln Versteck. Sie dankte ihrem Manne sehr anmutig für alle das Schöne und Gute, das er ihr angedichtet, bestätigte jedoch, daß er im ganzen keineswegs ein Märchen erzählt habe.

Als die Gesellschaft nun aufbrach, und jedermann sein Licht ergriff, sprach Arbogast noch mit Cornelien und sagte ihr etwas ins Ohr. »Ist's möglich?« rief sie mit Verwunderung, so daß die andern in der Türe stehenblieben. »Wissen Sie auch«, fuhr sie, gegen jene gewendet, heraus: »wer der verdächtige Wegzeiger war auf der Heide? – Der Ritter von Latwerg! Er wartete auf seinen Osterengel.«

»Was Teufels!« rief der Oberst. »Nun denn – Gut Nacht, Herr Ritter! Die Hähne krähen schon, mich verlangt nach dem Bette!«

Über tredition

Eigenes Buch veröffentlichen

tredition wurde 2006 in Hamburg gegründet und hat seither mehrere tausend Buchtitel veröffentlicht. Autoren veröffentlichen in wenigen leichten Schritten gedruckte Bücher, e-Books und audioBooks. tredition hat das Ziel, die beste und fairste Veröffentlichungsmöglichkeit für Autoren zu bieten.

tredition wurde mit der Erkenntnis gegründet, dass nur etwa jedes 200. bei Verlagen eingereichte Manuskript veröffentlicht wird. Dabei hat jedes Buch seinen Markt, also seine Leser. tredition sorgt dafür, dass für jedes Buch die Leserschaft auch erreicht wird.

Im einzigartigen Literatur-Netzwerk von tredition bieten zahlreiche Literatur-Partner (das sind Lektoren, Übersetzer, Hörbuchsprecher und Illustratoren) ihre Dienstleistung an, um Manuskripte zu verbessern oder die Vielfalt zu erhöhen. Autoren vereinbaren direkt mit den Literatur-Partnern die Konditionen ihrer Zusammenarbeit und partizipieren gemeinsam am Erfolg des Buches.

Das gesamte Verlagsprogramm von tredition ist bei allen stationären Buchhandlungen und Online-Buchhändlern wie z. B. Amazon erhältlich. e-Books stehen bei den führenden Online-Portalen (z. B. iBookstore von Apple oder Kindle von Amazon) zum Verkauf.

Einfach leicht ein Buch veröffentlichen: **www.tredition.de**

Eigene Buchreihe oder eigenen Verlag gründen

Seit 2009 bietet tredition sein Verlagskonzept auch als sogenanntes "White-Label" an. Das bedeutet, dass andere Unternehmen, Institutionen und Personen risikofrei und unkompliziert selbst zum Herausgeber von Büchern und Buchreihen unter eigener Marke werden können. tredition übernimmt dabei das komplette Herstellungs- und Distributionsrisiko.

Zahlreiche Zeitschriften-, Zeitungs- und Buchverlage, Universitäten, Forschungseinrichtungen u.v.m. nutzen diese Dienstleistung von tredition, um unter eigener Marke ohne Risiko Bücher zu verlegen.

Alle Informationen im Internet: **www.tredition.de/fuer-verlage**

tredition wurde mit mehreren Innovationspreisen ausgezeichnet, u. a. mit dem Webfuture Award und dem Innovationspreis der Buch Digitale.

tredition ist Mitglied im Börsenverein des Deutschen Buchhandels.

Dieses Werk elektronisch lesen

Dieses Werk ist Teil der Gutenberg-DE Edition DVD. Diese enthält das komplette Archiv des Projekt Gutenberg-DE. Die DVD ist im Internet erhältlich auf **http://gutenbergshop.abc.de**

FSC
www.fsc.org
MIX
Papier | Fördert
gute Waldnutzung
FSC® C083411

Zeitfracht Medien GmbH
Ferdinand-Jühlke-Straße 7
99095 Erfurt, Deutschland
produktsicherheit@kolibri360.de